～ポリオと共に歩んだ人生～

障がい者の中の自分
健常者の中の自分

A life lived with polio

島津　正博

はじめに

私は両下肢に障がいを持つ、一九六〇年生まれの男性です。本文にも書いておりますが、幼い頃に小児麻痺に感染しました。それからずっと装具と両松葉杖を使用して生活しています。最初は今まで生きてきた中で起きた色々な出来事を、忘れないうちに何かの記録として残しておこうというただそれだけの気持ちで、小冊子「出会い」を書き上げました。しかしペンが進むうちに、できれば多くの方々にも知ってもらいたいという思いも生まれ、さらに詳しくまとめ上げたのが、この書籍になります。

幼くして両親が離婚して性格が暗かった自分が立ち直ったきっかけ、養護学校での出来事、普通学校でのクラスメイトとの触れ合いの中から生じた様々なこと、そして二十歳で就職して四十数年の間、十回の転職を経験してきました。その間、たくさんの人たちに出会い、様々な経験をさせていただきました。健常者との触れ合いのなかで得たもの、母親との再会、そして認知症になった父の介護と看護などの経験、記録を記載いたしました。

障がい者として生きてきて色々な困難もありましたが、何とか周りの人たちに助けられながら、頑張ることができたと思います。人間が人生を積み重ねていく中で、記憶というものは徐々に消えていくものです。その記憶を何らかの形に残しておきたいという思いから、この書籍を作成しようと思いました。多少なりとも読者の皆様の心に残れば幸いに思います。

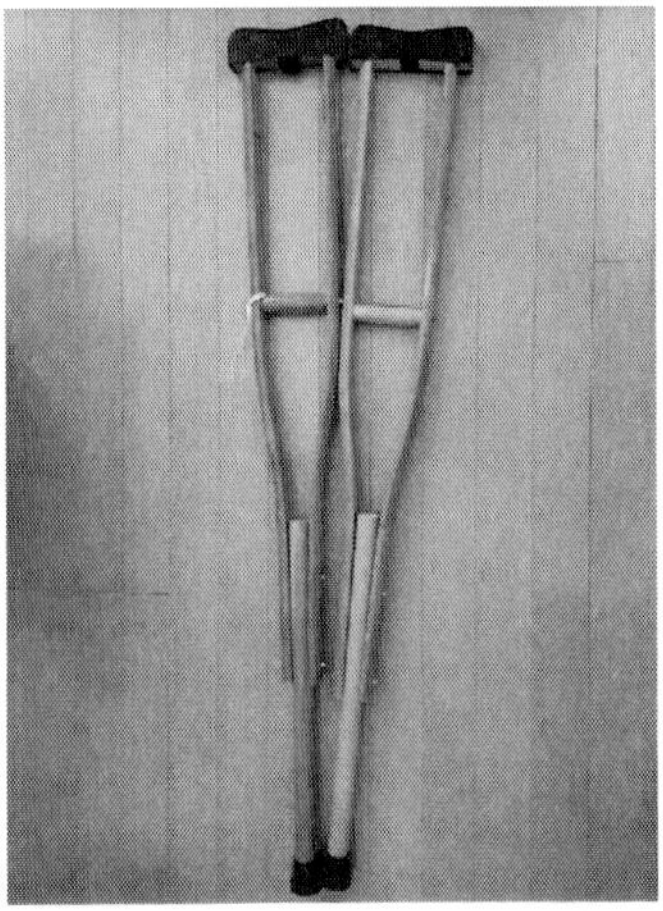

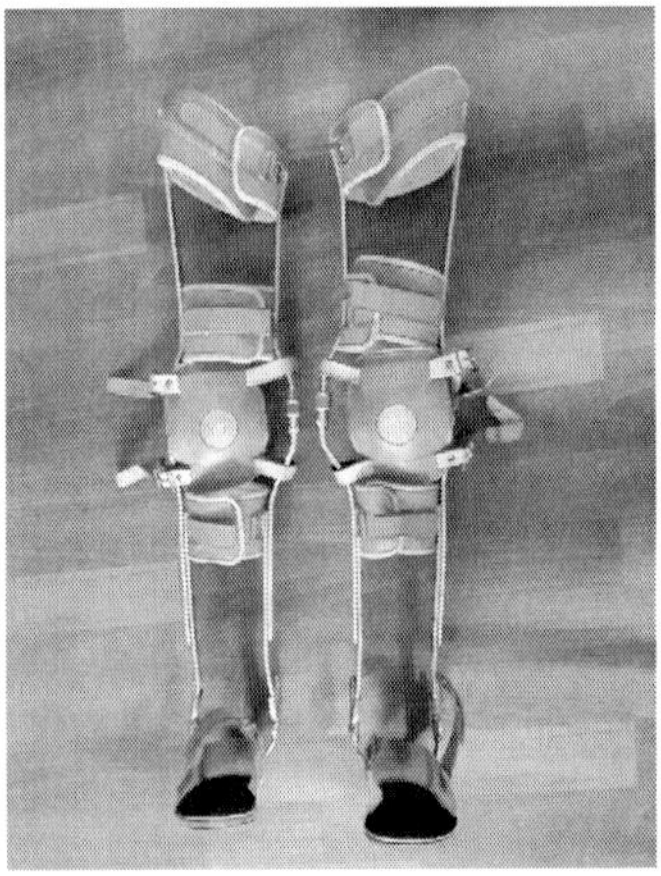

生活に欠かせない両松葉杖と
両長下肢装具

もくじ

幼少から

幼少期の頃

九州は福岡県の一番最南端の都市、大牟田市。そこで私は、一九六〇年（昭和三十五年）十一月二十二日、生をうけた。生まれた場所は母の実家。その後、生後七ヵ月目に、ポリオ（急性灰白髄炎《きゅうせいかいはくずいえん》／poliomyelitis）という病気に感染してしまった。一般には脊髄性小児麻痺（略して小児麻痺）と呼ばれることが多い。潜伏期間は二週間程度。発病初期の症状は、発熱、頭痛、倦怠感、嘔吐、下痢など、感冒・急性胃腸炎に似たもので、このような症状が一〜四日続き、熱が下がるころに、足や腕に弛緩性の麻痺が起こるらしく、人によっては、腕に麻痺も起こるし、程度も軽い症状から重い症状の人もいる。私の場合は両下肢が完全に麻痺してしまった。両親は私の両足を治す為に病院をあちこちと渡り歩いたりもしたようだが、治すことは無理だったようだ。両足が完全に麻痺しているので、成長と共に普通は立って歩いたりするのだが、歩くことはもちろん、立ち上がることもできない。足はぷら

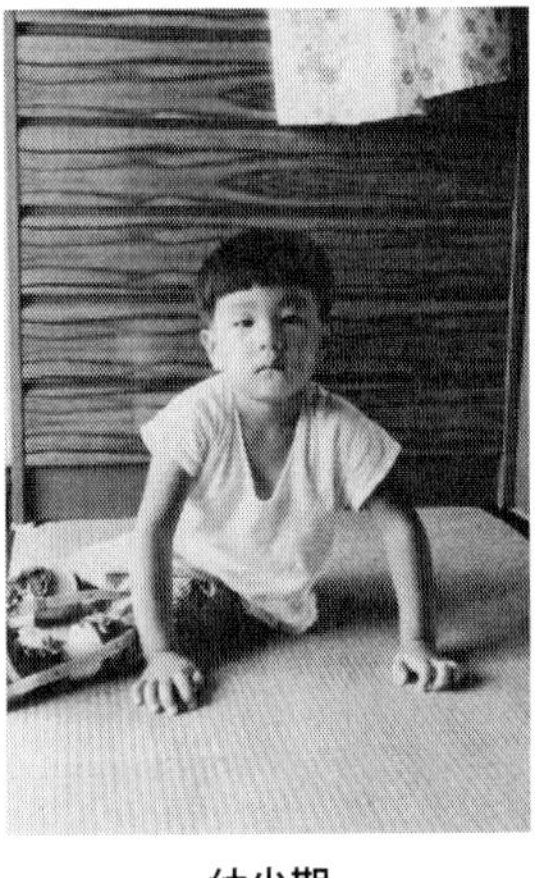

幼少期
両長下肢装具着用

んぷらんの状態だから、家の中では這って移動していたし、外に出る時はいつも親に抱っこやおんぶをしてもらっていた。

当時住んでいたのは、父の会社の社宅だった。木造平屋の長屋だ。両親はよく喧嘩をしていて、父はお酒を呑むと母によく暴力を振るっていた。近所の人が止めにはいるほどひどかった。父のことが怖かった。母はそんな父の暴力に耐えられなくなって、家を出て行った。その後、母が私を迎えに来て母の実家へ連れて行ったかと思ったら、今度は父が私を連れ戻しに来たりと、幾度となくそんなことを繰り返した後、母方の祖父が私が可哀想だから、父方に渡すようにと母を納得させた。そして私が五歳の時に両親は正式に離婚した。それからは父方で育つことになる。祖母が母親代わりになってくれたのである。

幼稚園は家から百キロメートルほど離れた、医療型障がい児入所施設に入所した。早くも親元を離れての生活となる。そこは肢体不自由のある児童を治療するとともに、独立自活に必要な知識技能を与える施設である。そこで装具を両足の先から付け根まで装着し、両方の松葉づえを使用して歩くことを覚える。それから、装具(両長下肢装具)と両松葉づえは自分の生活に欠かせなく、体の一部となった。

そこの施設に、父と母はそれぞれに時々会いに来てくれていたのだが、父と母が鉢合わせになることもあり、そのたびに父と母は言い争っていた。だからあまり母には来てほしくはなかった。母がいつも責められているような気がしたのである。それを母は察したのか、もう来なくなった。

私はそういったことがトラウマになったのか、表情は暗く、いつも怯えているような、あまりしゃべることもできず笑わなくなった。いや、笑えなくなったのである。そんな性格だった。

小学校入学

昭和四十二年四月、幼稚園の時にいた施設のすぐそばの養護学校小学部に入学することとなる。小学校入学に際して、家の近くの地元の相談員の人に相談をした。そこで地元の普通の小学校は無理だろうということで、養護学校を紹介されて、そこに入学することになった。家が近い人は家から通うのだが、私は自宅から遠くて通学が無理なので、寄宿舎に入ることになった。親元を離れるのは、幼稚園の時から引き続きとなる。

どういった所かというと、学校と寄宿舎が廊下でつながっていて小学一年生から、高校三年生までの期間、生活しながら学校に通えるのである。寄宿舎の部屋は六畳くらいの畳の部屋に四〜五人くらいでの共同生活だ。もちろん色々な障がいをもった人たちがいる。毎日の生活は、朝七時に起床、洗面、それから掃除、朝食……と一通りの朝の日課から始まる。もちろん全部一人でやらなければいけない（掃除は分担して行う）。一応各部屋担当の寮母の先生はいるが、手伝ってはくれない。それから学校へ行く準備をして登校。同じ建物だから雨に濡れる心配はない。十五時半頃には授業が終わって、学校から帰ってきたら十六時頃から入浴。夏場は毎日、冬場は二日に一回。五時からは夕食で、食べ終わったら厨房まで食器を持っていき、交替でテーブルを拭く。十八時半から十九時半まで自習時間がある。宿題や予習、復習などをする。それから少し自由時間があって、二十時半頃から布団を敷く。もちろん自分で敷く。二十一時が消灯だけど、なかなか眠れないので、電気を消してもみんなで話していた。時々寮母の先生が本を読んでくれることもある。

土曜日は授業が半日で終わるので、午後から帰省する寄宿舎生が多かった。家が遠くて帰省できない人や、事情があって帰省できない人たちには、時々、寮母の先生が散歩に連れて行ってくれることもあった。日頃、外に出ることができない私にとってこの散歩は楽しかった。また、学期ごとに部屋の人たちと外出することもあり、担当の寮母の先生が連れて行ってくれた。だいたいその時はデパートに行くことが多かった。

各自おこづかいの五百円をもらって、自分の好きなものを自分で買う。そうしてみんなでレストランで食事をし、寄宿舎に帰るのである。一般の子どもたちが家庭で親から味わう色々なことを、私たちはこの寄宿舎で味わっていた。特に家庭での愛情が薄かった私にとって、寄宿舎での生活は楽しかった。

同部屋の人たちは、よく帰省することが多かった。私は家も遠いし、なかなか帰省することはなかった。部屋にひとりの時などは、寮母の先生が横に布団を敷いて一緒に寝てくれた。負けず嫌いだったので周りの人たちには嫌な素振りをみせたが、本当はすごく嬉しかった。母親の愛情に飢えていたのだと思う。

学校での生活は、やはり何事に対しても消極的で、なかなか自分から話し出すようなことはなかった。相変わらず暗い性格だった。

恩師との出会い

小学四年生になって受け持ってくれたのが、大学を出たばかりの女性の先生、津福先生だった。津福先生は私たちを六年生まで三年間受け持ってくれた。とっても先生らしくなく、友だちのような感じの先生だった。天気のいい日は授業そっちのけで、外に出てサッカーやフットベースボール等をしたりした。もちろん先生も参加して一緒に楽しんでくれた。授業も一応、時間割りというものがあるのだが、そんなものは完全に無視して、社会に出たらこっちの方が大事だと言って、社会や漢字の練習に力をいれていた。そのおかげで授業も楽しかった。道徳の時間が多かった。そして、この先生のおかげで性格が本当に変わったのである。明るくなったし、積極性も少しはでてきた。そして先生とはよく衝突もした。時には先生に逆らったり授業をさぼって教室を出て行ったりしたこともある。時にはひどく怒られたり、時にはやさしく接したりもしてくれた。クラスに重度の障がいの人がいて、先生がその人の世話をしていた時、私は嫉妬して文句を言ったことがある。私としては先生を取られた気がしたのだ。そしたら先生からひどく怒られた記憶がある。甘えてはいけない、と言ってくれていたのだろう。でも私は大声で怒鳴りながら教室を飛び出していった。そういうことが四年生から六年生の三年間の間にしばしばあった。夕方まで帰らないこともあった。ほとんどは校舎内のどこかにいたのだが、何回かは校舎の外まで飛び出したことがある。夕方にそっと教室に戻ると、先生が一人で待っていてくれた。薄暗い中、先生は机にうずくまっていた。決して私を捜そうとはしなかった。私が迎えに来るのを待っているのを見透かしていたのだ。ここでも「甘えてはいけない」ということを言いたかったのだと思う。そして、給食をそのまま残しておいてくれた。私は泣きながら全部食べ、「先生、ごめんね」と言った。先生も泣いていた。

前述の通り、土曜日の授業は昼までだったので、寄宿舎に帰ったら、同部屋の人たちはみんな帰省して、私一人になることが多かった。そんな時、津福先生は何度か連れ出してくれたことがある。どこかに買い物へ連れて行ってもらったこともある。筆箱を買ってもらった。以前から欲しかったので本当に嬉しかった。夕食も一緒に食べた。「何が食べたい？」と聞かれて、私はカレーライスが大好きだったので、カレーライスを注文した。いつも寄宿舎で食べるカレーライスは、ごはんの上にカレーがかかっているのだが、その時注文したカレーライスは、ごはんとカレーが別々になっていた。初めてみるカレーライスに、食べるのを戸惑ったが、先生は「好きなようにして食べていいよ」と言ってくれたので、ごはんの上に全部かけて食べたのを覚えている。先生と半日のデートをして楽しかった。

クラスの仲間はみんな津福先生を慕っていた。夏休みは海や先生の実家に、クラス全員（十人前後）を招待してくれた。先生のご両親と、兄弟の人たちがすごくいい人たちで、スイカを食べたり、夜は公園で一緒に花火をした。こんな楽しい夏休みは後にも先にもこれっきりで、忘れられない一日だった。学校の行事の遠足とかでも親が来れないことが多かったので、先生とよく一緒に行動した。遊園地のジェットコースターにも一番前に一緒に乗ったことがある。私たちの気持ちをよく理解してくれていた先生だったけど、周りの先生方からはあまりよく思われていなかったようだ。職員室で何か言われている光景をみたこともあるし、悲しい表情をしていた先生も知っている。本当に生徒想いのいい先生だった。

進路

小学校生活は本当に有意義で、生き生きとした毎日を過ごしてきた。そして中学への進学の時期になった。養護学校にも中等部、高等部とあるのだが、津福先生は私のこれまでの生活状況、性格、家庭環境などいろいろなことを考えてくださって、普通の中学校への進学を勧めてくれた。それは、まず授業に物足りなさを感じていること。生活の面でも刺激が必要なこと。それと家庭の状況では、家で遠慮しているように見受けられるので、家族の愛情が必要であることなどを考慮してのことだった。

同じクラスからは、私を含めて三人を普通の中学校への進学を勧めてくれた。一人は両足が曲がっているA君。もう一人は手と足が少しずつ悪くて、しかも言語障害があるB君だ。養護学校の中等部への進学か、普通の中学校への進学か、どちらにするか最終的な判断は自分でくださないといけないのだが、あまりピンとこなかった。それを察してかどうかはわからないが、先生は普通の学校に慣れさせる為に、一週間ほど近くのS小学校に体験実習へ行かせてくれた。そして三人で体験実習に入った。私とA君は同じクラスに入った。一クラス四十人くらいいる教室で最初は圧倒された。でも津福先生が私たちのそれぞれのクラスを回って、見にきてくれたので少しは安心した。算数の授業、担任の先生が黒板に問題を書いて、それを解くように言われた。周りの人たちは、みんな解かったかのように盛り上がっていて、圧倒されるほどだった。しかし私は頭の中が真っ白になって全くわからないのである。養護学校での授業は、自慢ではないがほとんどの科目を理解できていたので、レベルの違いを改めて感じた。どうしようかとあたふたしていると、津福先生が横に来てくれて、解かりやすく教えてくれたので、何とか理解できたが、本当に普通の中学校でやっていけるのだろうか、と不安と迷いでいっぱいになった。養護学校での授業は色々な障がいの人がいるため、その人達に合わせて授業をする。そして丁寧にみんなが理解するまで教えてもらえるので、教科書はほとんどの科目は全部は終わらないのである。

体育の授業はサッカーだった。養護学校ではやっていたが、健常者とはやったこともないのでとまどった。しかし、津福先生が参加を勧めてくれたし、それに体育は好きだったので参加した。もちろん、いざみんなの中に入ったら、一応ボールを追いかけて、攻める時は相手のゴールに向かって、守る時は自分のゴールに向かって動いてはいるのだが、ただ動いているだけでボールに触れることすらなかった。もちろん健常者についていけるはずがない。でも参加しているというだけで自分としては満足な気持ちだった。そんな感じで時間が経過し、そして、終盤で味方がチャンスになった。攻め側のチームでコーナーキックになった。ゴールの前、みんながいる中に私もいた。コーナーからボールが蹴られ……私の顔の前にボールが飛んで来たので咄嗟だったと思うが頭にあてたら、なんと、そのままゴールに入ってしまった。結局それが決勝点になって、自分のチームが勝ったのだった。みんなからは手荒だが嬉しい祝福を浴びた。その時みんなと一緒になれた気がした。

S小学校のクラスのみんなは、やさしく接してくれた。そして、実習期間も終わり、帰る時はみんなが玄関まで出てきてくれて、私たちの姿が見えなくなるまで手を振って送ってくれた。いい体験実習だったと思った。そして多少なりとも普通の中学校でもやっていけると自信がついたのは、私だけではなかったと思う。

そして、六年間の養護学校生活に別れをするのである。津福先生も実家近くの地元の学校に転任された。本当に型破りな先生だったけど、私たち生徒のことを一番に考えてくれたすばらしい先生だった。

中学校は地元の中学校に入学することが決まった。入学前に津福先生がわざわざ私の所に来てくれて、津福先生と祖母と私の三人で入学するK中学校に挨拶へ行った。おそらく津福先生が心配してくれてのことと、私に少しでも慣れさせる為だったのだろう。春休みだったと思う。生徒は誰もいなかった。職員室に入って先生方に挨拶をした。無視している先生もいたし、にこにこ笑って、「何も心配いらないよ」と言ってくださった先生もいた。実感は正直言ってあまり湧かなかった。そして、いざとなるとやはり不安になった。今度は誰もそばにいない、津福先生もA君も、B君もいないのだ。養護学校の中等部に戻りたいと思ったが、せっかく津福先生が勧めてくれたし、A君もB君もおそらく頑張るんだろう、と思ったので、私も頑張って通ってみようと改めて思った。

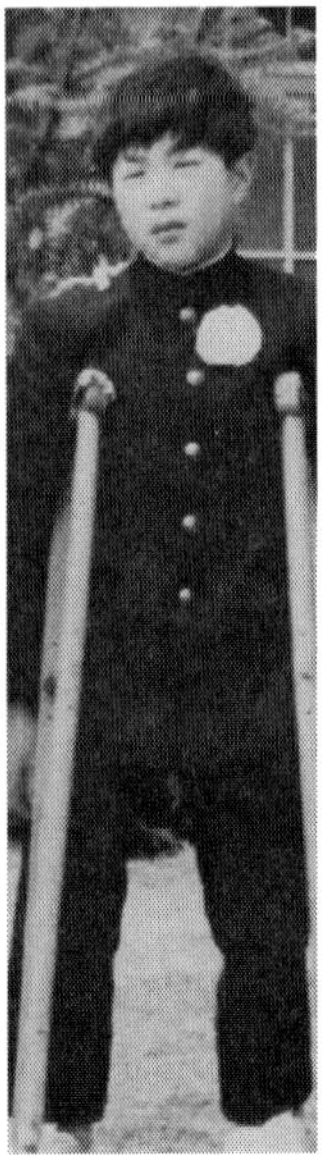

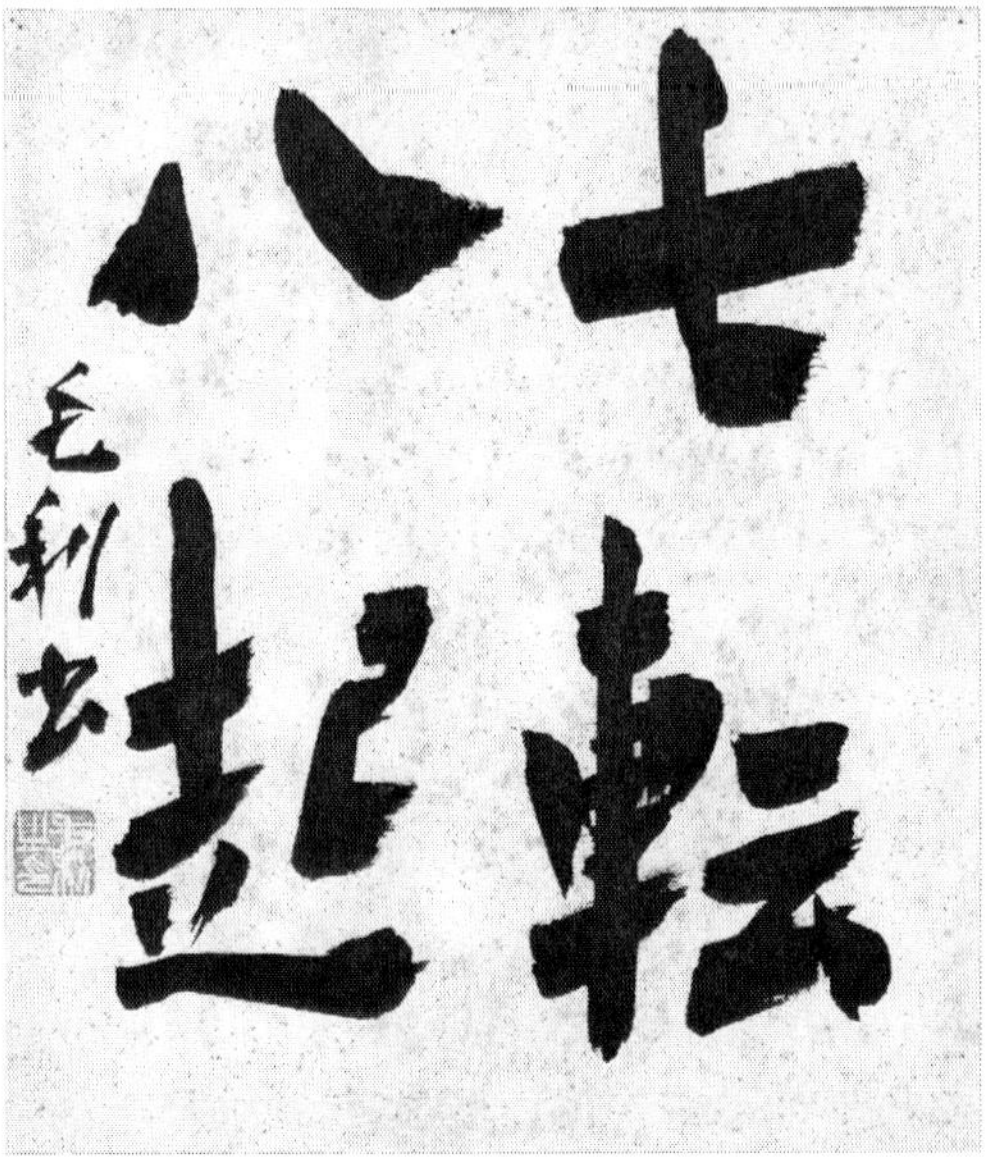

養護学校の先生に普通中学校に入学する前に書いてもらった色紙

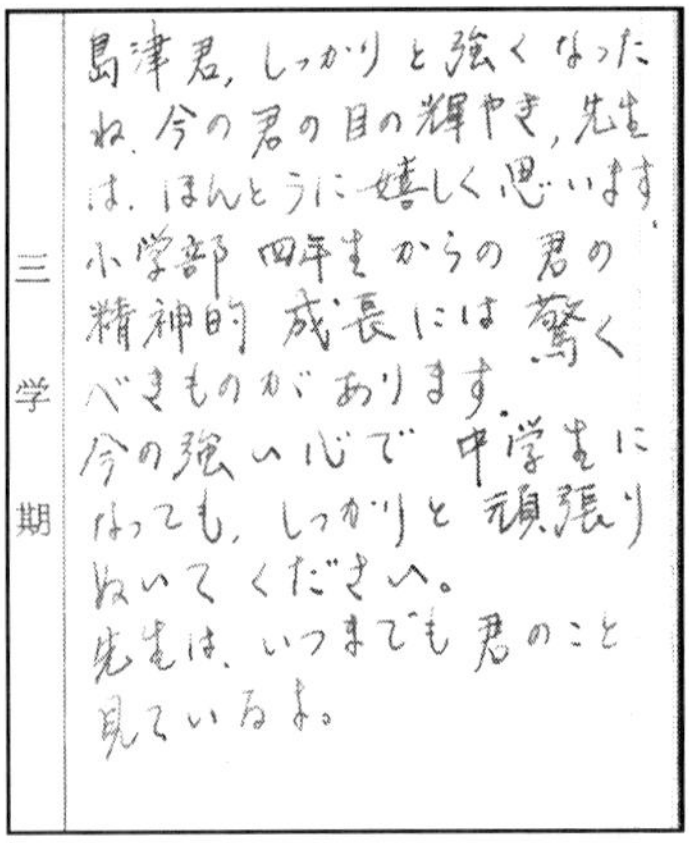

三学期

島津君，しっかりと強くなった
ね、今の君の目の輝やき，先生
は，ほんとうに嬉しく思います，
小学部四年生からの君の
精神的成長には驚く
べきものがあります。
今の強い心で中学生に
なっても，しっかりと頑張り
ぬいてください。
先生は，いつまでも君のこと
見ているよ。

小学六年生の通知表

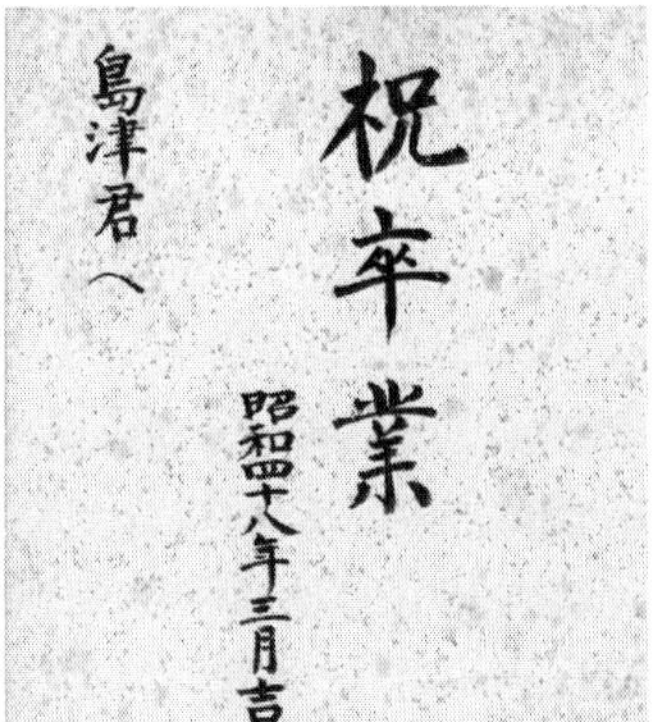

中学校入学

昭和四十八年四月、いよいよ地元のK中学校に入学。初登校日は、近所に一つ上の先輩がいたので、その先輩と一緒に登校した。私の足では歩いていける距離ではないが、先輩と一緒だったので少しは安心した。しかし、家からバス停まで百メートル位歩いて、それからバスに乗って三区間くらいの所で降りて、それから土手沿いを八百メートル位歩いて行かないといけないのだ。健常者と一緒に歩くのは容易なことではない。ペースがまったく違うのだ。それでも先輩は、「ゆっくりでいいよ」と言ってくれた。先輩のやさしい心遣いだったと思うが、私はあせっていた。遅刻でもしたらと申し訳ない気持ちでいっぱいだったが、何とか遅刻せずに学校に着いた。着いた時は、もうヘトヘトで、汗びっしょりだった。

教室に入ったのは、始業ギリギリの時間。みんな席に座っていて、私が最後だった。恥ずかしかった。取り敢えず出席番号順に座っている。私は男子の十四番だった。一列目が男子の一番から七番まで、二列目が女子の一番から七番まで、三列目が男子の八番から十四番まで……。そういった並びで、みんな席についていた。私の席だけ空いていた。シーンと静まりかえった教室の中に一人で入っていった。一番後ろだったので少しは良かった。しばらくして担任の先生が入って来られた。中年の男の先生で、注意事項など色々と説明が終わって、最後に「島津君は足が悪いから、みなさん色々と協力してあげてください」と言われた。そして、まず席替えが行われた。「島津君は松葉杖とかが置きやすいように端がいいよね」と言われて、窓際の後ろから二番目になった。そしていよいよ、中学生活が始まった。

養護学校にいた時は、大将みたいにしていたのだが、これからは一番格下のような感覚だ。例えて言うと、今までペットとして飼われていた動物がいきなり野生に放たれる感じだろうか……。まずは友だちをつくるように、と養護学校の先生方から言われていたので、勉強云々よりもそのことで頭がいっぱいだった。しかし、どうやって友だちをつくったらいいのかわからない。自分からはなかなか声をかけることができなかった。周りの人たちはだんだんと慣れてきたようだが、私はひとりぼっちの時がしばらく続いた。暗い性格だった自分を、せっかく津福先生に明るくしていただき、そして少しながら積極性もでてきたのに、また元に戻ってしまったら津福先生に申し訳ない、と思った。

いじめ

初日は近所の先輩と一緒に登校したが、祖母と父がちょっと無理と判断してか、次の日からは父が朝、会社に行く時に、私を学校まで毎日送ってくれた。そして帰りは仕事の帰りに学校まで毎日迎えにきてくれた。父の迎えは十六時半。授業がだいたい十五時半くらいに終わるので、一時間くらいは待っていた。クラブ活動もしていなかったので、はじめのうちは一時間の間じっと教室で待っていたのだが、そのうち、校門のところまで歩いて行き、そこで待っていた。父がわざわざ校舎内に入って来なくてもいいように、と。早く家に帰りたかったからだ。

友だちもできないまま、本当に寂しい中学校生活がしばらく続いた。次第に学校には慣れてきたが、辛い思いもかなり味わった。私は窓際の後ろから二番目の席だったのだが、そこはだいたいクラスのやんちゃな人たちの集まる場所だ。そして私の周りにもそんな人たちが集まった。おとなしい私はすぐにいじめのターゲットにされたのだ。教科書やノートに落書きをされたり、消しゴムを貸したら、ぼろぼろになって戻されたり、女子生徒へのいたずらの強要などもされたりした。目にソックタッチ（靴下がずれないようにする為に塗るもの）を塗られたり、歩いているとわざと足を引っ掛けられたり、倒されたり…いじめは日に日にエスカレートしていった。毎日辛かったが、そんな私でも友だちができた。M君という人で親切にしてくれた。授業によっては教室を移動する時もあるのだが、持ちにくい荷物などは持ってくれたり、休み時間などもよく好きなアイドルとか、昨日観たテレビ番組のことなど話したりしてM君といる時は楽しかった。でもそのM君から意地悪をされた時はさすがにショックだった。裏切られた思いで悲しかった。学生服の背中にチョークで落書きをされて、そのまま歩かされたりした。みんなの笑いものだった。でも、その事でM君を責めることはできなかった。笑って何とも思っていないようなふりをした。M君という友だちを失いたくなかったのだ。しかし、あの時の屈辱は今でも忘れない。

それから松葉杖を隠されたりもした。その時も困った。松葉杖がないと動けないからどうすることもできない。何もできないので教室に一人でいたら、クラブ活動を終えた女子生徒が帰るためにカバンを教室に取りに来た。「何しようと？　まだ帰らんと？」と言われ、「松葉杖が無くなったけん、帰れん」と言ったら、探してくれた。そして、しばらくして見つけて持ってきてくれた。その時は本当に助かった。

　そうやっていじめや意地悪をされたけど、何も言えなかった。言ったら無視されそうな気がしたのだ。無視されるくらいなら、まだいじめられた方がいいと思って、なんとかがんばって通ってきたが、さすがにもう行きたくないと思った。一番仲の良いM君に裏切られたような気がしたからだ。でも津福先生のことが頭に浮かんだ。先生は苦労して自分達を普通の中学校に送り出してくれた。そんな時、実習のことを思い出した。あとの二人はおそらくがんばっているだろう、自分だけが迷惑をかけてはいけない、と思った。そして、また中学校に通いはじめた。そういう状況だったので勉強どころではなかった。もちろん言い訳にしかならないと思うが……。とにかく、一年間はがんばろうと思った。二年生になったらクラス替えがある。そしたら、今までいじめをしている人たちとは、別のクラスになるかも知れないという期待があったからだ。

　そして、中学生活も二年生になって、クラス編成が行われて、クラスメイトがだいぶん変わったので、いじめはなくなった。私をいじめていた人たちとは別のクラスになったのだ。その後三年生になっても、その人たちと同じクラスになることはなかった。ただM君とは一緒になったが、その後意地悪はしなくなった。

ひとときの英雄《ヒーロー》

私は、幼い頃からずっと松葉杖を使用していたので、腕や手は同じ年代の人と比べると大きかったし太かった。ある日、クラスメイトの一人が「腕相撲をやろう！」と言ってきた。別に嫌だとも思わなかったので、「いいよ」と言って、その人と手を組み合わせた途端、相手が「おぉーっ」と叫び声をあげてびっくりした。そして何人か興味があったのか集まってきた。みんな私の手の大きさと腕の太さに驚いていた。そして、その人と腕相撲をしたら、簡単に勝ったのだ。みんな「すげー」と言って、また驚いていた。その後、一人ずつ、「今度は俺とやろう」と次々に言われ、対戦したのである。そしてそのたびに簡単に勝っていった。いつのまにか、クラスのみんなが周りを囲んでいて、勝つたびに拍手がおきた。

その後も、私が強いという噂が他のクラスにも伝わったのか、休み時間になると、他のクラスの人たちも何人か教室に入って来たので相手にした。自慢ではないが一度も負けなかった。中学に入って、初めてみんなより上に立てたような思いをして嬉しかった。そして、また少しみんなに近づけたような気がした。英雄（ヒーロー）になったような気がした。しばらくして、みんな腕相撲ではかなわないと思ったのか、じゃんけんをして負けたほうがデコピンを受ける、という遊びをしよう、となった。しかしみんなは立ってふんばりがきくので、負けた時のデコピンが結構痛いのである。私が勝っても、ふんばることができないし、座ったままでのデコピンなのであまり痛くないのだ。代わる代わる交代で相手をしたので、同じ個所を集中攻撃されて、赤く腫れあがって出血した。それでようやくデコピンも辞めてくれたのだが、私はおでこの痛みよりも、みんなが相手にしてくれたことの方が嬉しかった。そこでもまた、みんなの一員になれたような気がした。

高校生活

高校入学に際して、父は地元の職業訓練校を勧めてくれた。やはり私は足が悪いので、将来のことを考えて、何か手に職をつけさせたいという願いがあったからだったと思う。しかし私は人並みに高校に行きたかったので、県立高校を受験したのだが、不合格になった為、授業料は高かったが地元の私立高校に入学することになった。普通科、建築科、土木科……など色々と科はあるのだが、私が入れるのは、普通科か商業科しかないので、大学まで行きたかった私は普通科を受験した。しかしここでも不合格になった為、第二希望である商業科に入学することになった。

入学式には祖母がきてくれた。高校生ともなればもう大人だ。母への執着心はなく、祖母でもきてくれたので嬉しかった。健常者とのかかわりも、中学校三年間でだいぶん慣れてきて、不安もあまりなかった。親しい友人も何人か出来たし充実した日々を過ごした。その中で、特にD君という友人と親しかった。D君とは好きな音楽や、アーティスト、テレビ番組などが一緒で気が合った。学校でもよく話したし、休みの日などはよく家に遊びに来てくれた。その時は本当に楽しかった。学校以外での付き合える友人は高校になって初めて出来たし、他にも何人かとは付き合ったのだけど、D君といる時が一番楽しかった。三年間同じクラスでいられたことに感謝したいと思った。D君が卒業して関東に就職が決まって地元を離れる時は寂しくて涙した。友人のことで涙したのは養護学校での卒業式以来だった。いい友人が出来たし、自分はみんなと同じなんだ、と感じ、障がいのことを忘れることもしばしばだった。そして、勉強もがんばった。もちろん商業科なので普通科目のレベルは低いが、それでもクラスで二番の席次をとった。その時は嬉しかった。初めて勉強で健常者に勝ったような気がした。

高校三年生になった時、一つ年上の人がクラスに入ってきた。骨肉種という病気にかかり、片足を切断し入院、リハビリなどで進級できなかったらしく、卒業したいという思いで、私たちのクラスに一年遅れで入ってきたのである。私は幼い頃からの障がいだったし、今の状態(補装具と松葉杖使用)に慣れていたので、みんなと触れ合うなかで違和感などはなかったのだけど、その人は中途で障がい者になったので、やはり考えが私とは違っていた。それは無理もないと思う。今まで自由に過ごせたし、急に今まで出来ていたことができないのだから……。全校朝礼などにもでてこなかったり、体育の時間の時など体育の先生から「島津もできるものは参加していいからな」と言ってくれたので、私もできることはすすんで参加していたのだが、その人は、ずっと教室にいたようで、クラスメイトとあまりかかわりがなかった。みんなはやはり付き合いにくいようだった。誰かが気がついて接してあげればよかったのだけど、私にもそんなことまで考えることができなかった。少しばかり自分が優越感にひたったのは事実である。

就職活動

高校三年生というと、進路のことで悩まないといけない。クラスのほとんどの人は就職希望なのだが、大学を希望している人も少しはいた。私は商業科でも大学に行けることを知って、大学へ行きたかったのだが、諸事情で行けなかった。ということで、就職という方向で活動を始めた。当高校は、就職率百パーセントと言われていたのだけれど、みんななかなかそうはうまく決まらないようだった。とは言っても日に日に次々と進路が決まっていった。私のところには話すらこなかった。担任の先生も心配して、学校側も活動しているが障がい者の就職がなかなか厳しいので、もし知り合いがいれば自分でも探すように、と言われたほどに就職がなかった。自分としても次第に不安になり、養護学校小学部の時の訓練の先生（現横浜在住のN先生）に手紙を書いて相談したこともある。N先生も心配してくれてN先生の地元でも探してくれたようだが、なかなか厳しい状況だったようだ。でも自分としては、そうやって心配してもらえたことが嬉しかった。少し不安も和らいだのは確かだ。

そんな中、ひとつ障がい者求人があった。某大手自動車メーカーの和歌山工場だ。担任の先生は場所が遠方ということもあってどうするかと言われたが、自分としては絶対に行きたかった。とにかく家を出て早く自立したかった。しかし、松葉杖を使用しているというだけで、会うこともできず断られた。悔しい思いをした。結局、民間企業はこの会社一社だけしか障がい者の求人がこなかった。他に国の機関を二件受験したがどちらも不合格だった。

本当に切羽詰った。クラスでも決まっていないのは、ごくわずかだった。そこで職業安定所（現ハローワーク）に行ったが、なかなか障がい者の求人はなかった。そこで少し遠いが、大分県の福祉工場を紹介された。仕事で大分に行く叔父が運転する車に私と父と祖母の三人で便乗して、早朝にその福祉工場を訪れた。大きな工場で、敷地内には、生活には困らない程の設備が充実しているし、もちろん寮もあるし、そこで結婚すれば、ちゃんと夫婦用の住宅にも住むこともできる。何も心配はいらないのである。親はここの工場に行かせたかったようだけど、私はあまり気乗りがしなかった。正直言って、また障がい者の枠に縛られるのが嫌だったのだ。一般企業での就職が難しい人が、そこで仕事したり生活したりするところなので、そこの担当者の人も、「あなたくらいの障がいの程度だったら、一般の企業でやっていけると思います」と言われた。「似たような所が、福岡にもありまして、そこだったら技術を覚えて社会復帰することも可能です」と言われて、そのまま帰宅した。後日、紹介された所を訪れ面接をしてもらい、そこに結局は入所することとなった。

そして、三月一日に高校を無事に卒業することができた。中学、高校と六年間、健常者と共に学び生活してきて、社会に対する視野が広まったことを感じたし、一回り成長できたと思った。そして、高校生活でいい友人に巡り合えたことに感謝したいと思った。

負けん気で押した三か年

島津君（商三A）めでたく卒業

物心つく間もなく小児麻痺にかかり、下半身が不自由となって松葉杖に頼る生活を余儀なくされた商三Aの島津正博君が、今年そのハンディをみごと乗り越えて、めでたく卒業を迎えた。

「最初高校三年間を、果たしてうまくやって行けるだろうかと不安でなりませんでした。だから、こうやって卒業式を迎えられることは、ほんとうにうれしいです」と、島津君はしみじみ語る。

しかし、周りの者が気にする程島津君は弱気ではなかった。家庭でも両親は決して特別扱いしなかったし、担任の松浦先生も彼に対して特に気を使ったことはないとおっしゃる。級友に聞いても、誰もが「皆んなと一緒ですよ」と答えていた。たしかに、階段の昇り降りにしても、彼に手を借している光景はほとんど見られなかったまた、彼自身もそれはいやだったただ、いつも見学しかできない体育の時間はやはりつらかったらしい。登下校はお父さんの車で送り迎えをしてもらったが、風邪をひいた時に何度か休んだ程度で、欠席も少く、成績も上位で通した。

「絵が好きだから、自分でデザインの勉強がしたい」と言う島津君であるが、負けん気で押したこの三か年に心から拍手を送ると共に、これから先の島津君の前途に幸多かれと祈ろうではないか。

高校の学校新聞より

障がい者の中の自分

昭和五十四年三月、福岡にある社会福祉法人 重度身体障がい者授産施設に入所した。印刷の仕事がメインで、みんなが技術を習得しながら仕事している。全員が障がい者で、障がいの区分は、車椅子の人や脳性小児麻痺の人、言語障がいの人など、さまざまな人たちがいる。最初に各部署を見学した。どこの部署もみんな障がい者で、養護学校を思い出した。学校ではないが、また元の所に戻ったような気がした。言い方はあまり良くないが、みんなへの見方が違うのだ。上から目線で見ていた。健常者が障がい者を見る時ってこんな感じなのかなぁと思った。取り敢えず、ここでの生活が始まるのである。部屋は四人部屋で養護学校に在籍していた時のクラスメイト、H君が同部屋にいたので、すぐ溶け込めた。

朝は七時半から八時くらいに起きて、洗面をして、食堂に朝食を食べに行く。しばらくして天気が良かったら、外でラジオ体操がある。それから、各々の職場に行くのである。渡り廊下を通って行くので雨に濡れる心配はない。職場には指導職員がいる。この人たちは健常者だ。指導職員の指示に従って、仕事をするのだが、職員の態度が完全に障がい者を馬鹿にしているような態度なのだ。みんな、従っているのだが、中には反発している人もいた。私もどちらかと言うと、反発側の部類に入っていた。数名の職員と言い争ったこともある。自分はここにずっといていいのか、と思った。そして、このままではいけない、と感じたのである。何かメリハリがほしかった。刺激がほしかった。それはやはり小学生の頃のように物足りなさを感じたのかも知れない。そして、昭和五十四年九月、約半年で退所した。

退所したあと、車の免許を取りたくて、同十月より、大分県別府市の身体障がい者自動車教習所に入所した。家からは通えないので寮に入った。九州も各地から来てる人もいたし、遠くは、関西、東北から来てる人もいた。ここでもみんなが障がい者だった。障がい者の人たちのなかにいるということに、自分が慣れてきたのだろうか。違和感は感じなかった。

私が運転出来る車は、両足が全く使えないので、オートマチック車に限定される。しかもアクセルとブレーキを手で操作するのである。普通のアクセルとブレーキペダルに連結したレバーを引くことでアクセルになり、押すことでブレーキがかかる仕組みである。

寮と教習所は車で十五分くらいの所にある。寮というのは以前は旅館だったようで建物もそのままで、教習所の先生の家になっていた。部屋は十部屋くらいあって、その内の一室で寝泊まりをした。朝食と夕食は教習所の先生の奥様が作ってくれるので、それを食べる。美味しかったのだが、先生の家族の部屋で食べるので、やはり少し遠慮気味だ。でも奥様は気さくな方で、よく冗談など言って心が和んだ。離れに岩風呂の温泉があるので、毎日温泉に入っていた。夜は他の教習生とトランプなどをして、遊んだ。有意義な生活だった。

教習所で初めてハンドルを握った時は、本当にワクワクした気分だった。これまで何をするにも、またどこへ行くにも誰かに頼らないといけなかったのが、車の運転ができたら自分の力でコントロールして好きな所に行けるの

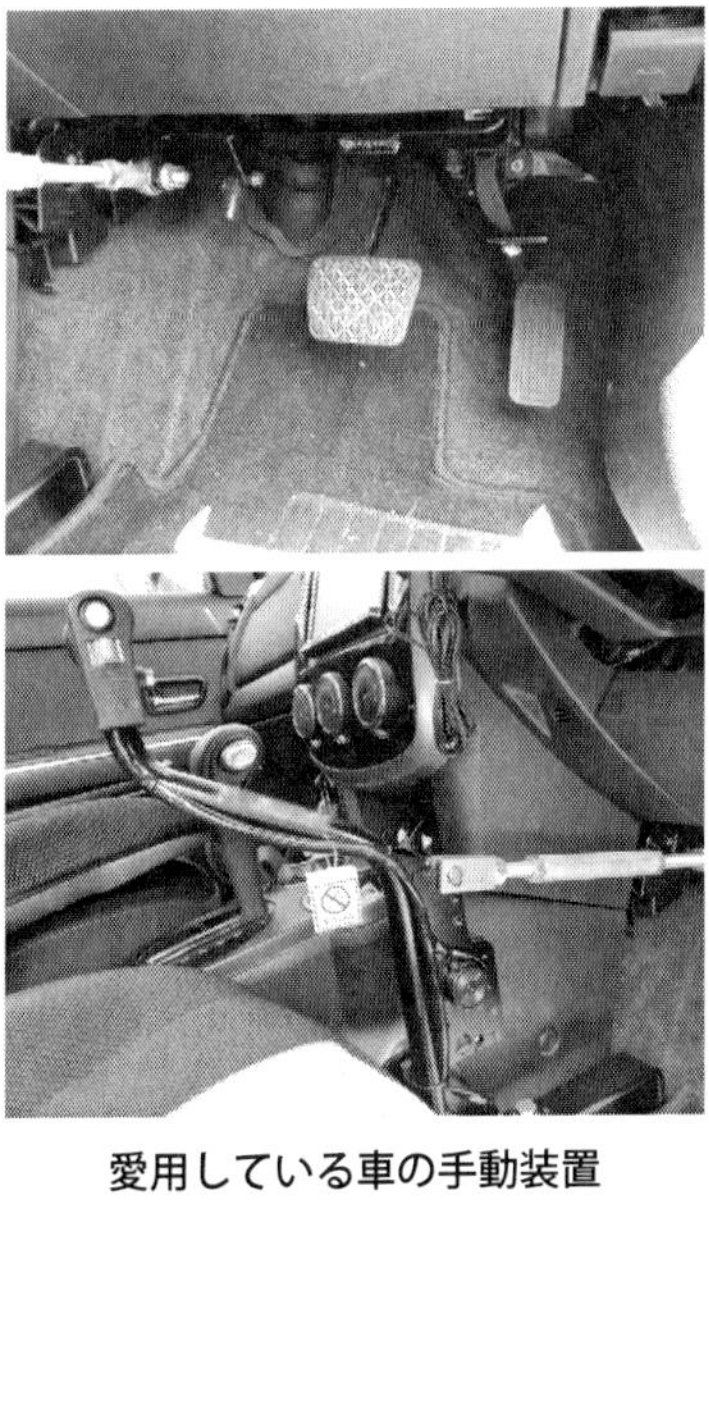

愛用している車の手動装置

だから、こんなに喜ばしいことはない。絶対免許は取得したかった。毎日、車の練習が楽しかった。試験は大分のマンモス試験場に行って、仮免の学科は一回、実地が六回、本免は学科が三回、実地が一回で、十二月の後半に念願の免許証を取得することができた。約三ヶ月の教習期間だったが楽しい期間だった。そして、車を早速購入した。最初は中古車でもよかったのかも知れないが、私の場合は手動装置を装着するための改造費がかかるので、長く乗るために新車がいいだろうということで、家族で話し合ってまとまった。今までそんなことで話したことなどなかったので、すごく嬉しかった。納車まで約一ヵ月かかったが、車が家に来たときはものすごく嬉しかったし、信じられないくらいだった。自分の体の一部となって動いてくれると思うと感動した。そして、すごく気に入った車だった。あまり外にも出たことがなかったが、これで自由に外に出れる開放感と、人並みになった気分、優越感がそこにはあった。毎日のように車に乗った。いつも父の車の後ろの座席に乗って走っていたコースを、自分が運転して走った時は夢のようだった。

大分マンモス試験場前にて

これで健常者の友人にも少しは自慢できると思い、自分なりに誇らしく思えた。

昭和五十五年四月から、北九州市の職業訓練校に入校することとなった。身体障がい者の技術訓練の学校で、技術を身につけて就職を斡旋してくれる、就職が有利になるということだったので入校した。期間は一年間。早く就職したかったので、就職率がいい職種として印刷科に入った。主に写真植字を勉強した。写真植字とは写真植字機という機械を用いて文字などを印画紙に印字して、写真製版用の版下などを作ることで、印刷科の中でも就職率が一番良かったのが理由だ。

自宅から遠かったので、ここでも寮に入った。部屋は四人部屋で同じ年の人が一人いた。あとの二人は結構年配の人だったが、接しやすかったので安心した。いきなり部屋長をさせられた。一日の日課は、朝七時起床、点呼、朝食、掃除、それから登校、ここでも渡り廊下を通るので、雨に濡れる心配はない。三時半頃授業が終わって、風呂、五時から夕食、夜十時消灯で、十時になったら元電源が切れるため何もできない状況で、最初は驚いたが、しだいに慣れてきたら懐中電灯などを利用して部屋の人たちと遊んだり話したりと結構楽しく過ごした。

授業は就職を考慮しての実践形式だったので補習がかなりあった。風呂、夕食が終わってもまた補習をしていたので、十二時を超えることもしばしばだった。とにかく基本的に一年しか訓練期間がないのでつめこみ主義だ。

十月からは就職活動が始まる。学校に企業から求人がきて、それから先生が会社を紹介して面接に行ったりするのだ。一人また一人と面接、そして就職が決まっていく中、だんだんと決まらない人が少なくなっていく。この状態は高校の時と同じだった。しかし気持ち的には全然違っていた。高校の時は本当にあせっていた。何故かと言うと、周りがみんな健常者なので、やはり私には障がい者というレッテルがあった。でも今度は、周りはみんな私と同じ障がい者なので、同じ障がい者で自分だけ就職が決まらないはずはない、という安心感があったのだ。しかし、私のところには就職の話しがまったくないまま年が明けてしまった。やはり少しあせりもでてきた。みんなからは「島津は延長生間違いなし！」と言われた。延長生とは、あと一年間、訓練生として残ることを言う。みんなから言われるし自分でもそうかなあ、と思った。またここで仕事をさせられるのだろうと思った。最初は嫌だったが、色々と考えて、それも悪くないかな、と自分でもそのつもりになっていた矢先のことだった。二月、訓練期間の修了まであと一ヵ月という時になって先生が就職の話をもってきた。福岡の印鑑屋さんで、ゴム印製造の事業を新しく始めるので写真植字オペレーターを募集している会社だった。社長が身体障がい者でここの訓練校出身だった。面接に行ってすぐ決まった。本当は健常者の中で仕事をしたかったが、一応は一般企業ということだったし、その辺は少し妥協して、がんばろうと思った。

社会人になって

初めての社会人

昭和五十六年三月、職業訓練校修了と同時に福岡の印判会社に入社することとなる。印判会社と言えば印鑑を作って、販売する会社なのだが、新規事業としてゴム印を作成する事業を開始するというのだ。従業員は全部で十人くらいいるのだが、その業務に携わるのは私一人ということだ。作業工程は、お客様からいただいた原稿を写真植字機で印字する。(マガジンというラックに印画紙を入れている)↓暗室で印画紙を取り出し現像をする。そしたら印画紙に文字が浮き出てくる。↓その印画紙を校正して間違った箇所などを修正する。↓台紙に貼りこむ。↓それを暗室でカメラ撮影する。↓樹脂版に焼き付ける(ここで文字の凸凹ができる)↓型取り(プレス機で文字の形を作る。この状態では文字部は凹になる)↓ゴム焼き(ここでゴム印ができる。文字部は凸になる)。ここまでの作業を一人でしないといけない。取り敢えず写真植字機だけは設置してあったので、昼間は自社で印字して、夕方くらいから、取引先である近くの印材屋に行ってその先の工程を教えてもらいながら仕事をする。ほとんどの工程は何もわからないので、一から十まで教わらないといけない。毎日夜中二時、三時はあたり前だった。しかも残業手当など一切つかなかった。仕事とはこういうものなのだろうか、と時々不信感を感じた時もあった。しかし、障がい者の就職は難しいというのを、高校生の時から感じていたので、とにかく技術を早く覚えようと必死だった。

本当は一人でアパートを借りて生活をしたかったのだが、落ち着くまで寮に入ることにした。寮といっても、元々は一般の住宅のような所を職場に改造してあったため、玄関の所（少し広い）が職場で、一階は居間のみ。二階に他の従業員は寝泊りしていた。二階も狭い所に四～五人で生活していた。たこ部屋状態だった。二階に上がるにはらせん階段で手すりもないので、私は二階に上がることができず居間で寝ていた。居間はみんながくつろぐ場所だったので、プライベートな時間がなかったのが苦痛だった。そして、従業員のほとんどが障がい者なのである。中学、高校と健常者の中で過ごしてきたので、やはり嫌だった。自分でも何となく周りが障がい者ばかりという状況で、自分も障がい者なのだと感じることに慣れてきていたのがわかった。自分は健常者

初めて就職して写真植字を使用しての作業

の中でもう一度頑張りたい、そう思った。そして、昭和六十一年八月三十一日でこの会社を退職した。

健常者の中での苦労と喜び

昭和六十一年九月より写真植字の会社に入社した。印刷会社の下請け会社で印字した印画紙を版下に貼りこんで納品までの工程だ。従業員三十人位の会社で職場はビルの二階だった。外の階段を上って行くし、この段差が結構高いのだが、まだ私も若かったせいか、手摺もあったし苦にはならなかった。しかし、採用してもらえるかは不安だった。駄目でもともとの気持ちで面接に行った。面接は会社の常務が対応してくれた。ちょっと強面の人だった。「階段は大丈夫ですか?」「足が悪いけど特別視はしませんよ。それでもいいですか?」と言われた。「そして給料はいくら欲しいですか?」とも聞かれ、十五万円は欲しいと言った。前職では最初入社した時は、最低賃金だったたし、残業手当もなかったので、本当はもう少し安くてもいいと思っていたのだが、少し多めに言った。そしたら営業、版下、会社、それと自分、十五万円ずつで六十万円分の利益を毎月出してほしい、と言われた。初めてこういうことを言われた、やはり一般の会社はきびしいと思った。不安だったが「六十万円分の利益を出します」と言ってしまった。そしたら即、採用と言われたのだ。信じられなかった。雇っていただけたことに喜びを感じた。前会社との大きな違いは、全員が健常者で障がい者は私一人ということだ。言い方は悪いが、ここで初めて社会に飛び出したような感じだった。もちろん自分自身にも甘えることなく、健常者と一緒だという気持ちはいつも持っていた。

入社初日、仕事開始が九時からなのだが、三十分くらい前に出社し、自分の職場のフロアの掃除をしていた。しかし、時間が経っても誰も出社してこない。始業十分前からようやく少しずつ出社してくる人が現れ、各々仕事の準備を始めた。そして九時ちょうどになると一斉に写真植字機が動きはじめて、みんな仕事を開始したのだ。同じ職場の人から、「掃除はもういいから、仕事しないと常務から怒られるよ」と言われ、私もすぐ準備をした。すると工務の人が仕事を持ってきた。簡単な説明だけで、ただ渡されたのである。写真植字は経験者だが、入力の仕方がゴム印の仕方とはまったく違う。しかし尋ねる勇気もなかったので、ゴム印の入力をする感じで仕上げて渡したら、使い物にならなかったらしく、全部やり直しを他の人がやったようでショックだった。この先この会社でやっていけるかと不安になった。思わず印画紙の現像の為に暗室に入った時、涙した。とにかく職場の雰囲気に圧倒されたのである。

最初は話し相手もなく孤独だった。養護学校から普通の中学校へ移った時の様な感じだった。しかし、その後、健常者の中に飛び込み、自分なりに苦労しながらでも、みんなと付き合えたことを思い出し何とか耐えた。そのうち版下の人と仲良くなって、昼ごはんを一緒に食べに行くようになった。月日が経過して仲間も増えていき、昼ごはんに四～五人くらいで一緒に行くようになった。昼休みに仲間と話しをするのが一番楽しかった。自分も障がい者ということを忘れてみんなと交流していた。やはり精神的に充実すると、仕事もだんだんと慣れてきて、以前の会社にはなかった仕事の時間と休憩の時間の区別がはっきりしているのが何より充実していた。それはおそらく自分自身がそういう事に満足していたのだと思う。そして、給料も入社時は十二万円ほどだったが、二年目には十五万円に上げていただけた。自慢ではないが、おそらく私が頑張ったので、認められたのだと思い嬉しかった。

社員旅行の案内が回覧で回ってきた。参加しようかどうしようか迷っていた矢先、常務がわざわざ私の所に来られて、無理なスケジュールはとっていないので、一緒に行こうと言ってくださった。すかさず「はい」と返事をした。本当に嬉しかったが少し不安だった。なぜなら、やはり旅行となると歩いて観光もあるのだろうし、みんなに迷惑をかけるのではないかと考えたのである。そんな中、常務が私の仲のいい人に「社員旅行の時は島津君のことを頼んだからな」と言ってくださっているのを耳にした。その言葉でだいぶん不安は解消された。

八月某日、一泊二日で長崎のオランダ村に大型の観光バスで行った。観光する時も、仲間と常に行動して私の歩く速度に合わせてくれて楽しく観光ができた。逆にみんなに気を使わせたのではないかと思い申し訳なく感じたが、みんなそんな素振りは一切見せなかったので嬉しかった。

どこかのレストランで昼食をとった時のことだ。食事が終わってバスに戻ろうとした時、床に油がこぼれていたのに気付かず、転んでしまった。そしたら常務が店員に激しく文句を言ってくれた。また、社員の人たちも「血がでているけど大丈夫？」と心配してくれた。

夕食の宴会の時は常務の横の席だった。色々と話しかけていただいて、歌も歌ったら結構みんな盛り上がってくれて嬉しかった。宴会の後は、ホテルのバーに仲間と飲みに行った。他の社員の人たちもみんな来ていて楽しいひと時だった。最初は参加しようか、どうしようかと迷ったが、常務に声をかけてもらって、常務のやさしい人柄を感じることができたし、自分もこの会社の一員なんだと改めて感じて嬉しく思えた。またみんなの人柄もありがたく感じて、参加してよかったと改めて思った。健常者の中での初めての旅行だったが、みんなの中に溶け込めた時は健常者の人のやさしさを感じた。

昭和六十三年十二月でこの会社を退職したのだが、最後に常務へ挨拶に行った時、「君ががんばってくれたので、だいぶん助かったよ、また君みたいな人を雇いたい」と言われた。その言葉がすごく嬉しかった。この先、障がい者でも仕事ができる、ということを少しでも認識してもらえたことで、俗に世間では「障がい者は甘えている！」という言葉をすこしでも払拭できたかなぁと思った。

新しい職種での苦労

平成元年一月、包装関係の会社に入社することとなる。仕事内容はこれまでとは全く違った業務だ。食品が入っている袋に描かれている柄をデザインするのが主な業務で、同じ印刷関連ではあるが、これまではオフセット印刷での写真植字業務だったのが、今度はグラビア印刷に関連した業務になる。そこで分色《ぶんしょく》という業務を担当することとなった。フイルムを使用しての作業だ。印刷物に使用しているカラーの色を色別に一枚ずつフイルムにする作業である。手作業が主な作業で技術も要求される職種だ。そしてこれまでと全く違うことは、ずっと座ったままでの業務ではなくて、頻繁に動き回らないといけない。しかもフイルムを持って移動したり、中腰になって機械操作をしたりする作業もある。なるだけ人に頼らないように、不自由なことは自分で工夫して作業をしていた。しかし、どうしてもできないことは頭を下げて人にお願いしないといけないのだが、みんなは、引き受けたりしてくれたのだが、めんどくさそうな感じがみられた。そんな時はやはり自分は障がい者なのだから、遠慮しないといけない自分があって悔しかった。

仕事は、最初は覚えが悪くてなかなかうまくいかなかった。同じ部署の先輩から、仕事に関してのこと、技術的なこと等、指導してもらったのだが、なかなか覚えられず、また技術もうまくならなくて四苦八苦した。せっかく採用してもらえたが自分に自信がなくなった。でも負けたくなかった。同時期に入社した同僚が仕事をどんどん覚えていく中、自分の情けなさに腹立ったこともあった。しかし、この会社を辞めようとは一度も考えなかった。なによりも人間関係が充実していたことに限る。この会社にずっといようと心に決めた。

そのうち次第に仕事も覚えてきて、この会社で自分が障がい者である事を忘れるくらいに本当に溶け込んでいった。同僚で仲がいい人もたくさんできたし、会社の行事などはすすんで参加したし、個人的にも同僚とよく飲みに行ったりもした。仕事とプライベートが両立していて楽しかった。その内、仕事もだいぶん覚えてきたせいか、自分一人ではできないことも、徐々に気兼ねなく人に頼むことができたし、同僚も快くそれに応じてくれたりもした。こういう気持ちになれたのは高校に通っていた時以来だった。健常者と障がい者が壁へだたりなく付き合えるとは、こういうことなのかと思った。その思いはやはりこれまで健常者のなかで生活してきてからの精神的強さから生まれたのだと感じた。原点はやはりあの時、普通の中学校へ送り出してくれた、津福先生のおかげだと改めて感じた。

そして、この会社で初めて関東研修に行かせてもらったことで、障がい者だからとか、足が悪いからとかではなく、私はみんなと一緒なんだという喜びを感じた。会社の業務がアナログからデジタルにちょうど移行することになり、そのコンピューターの技術を覚えれば、座っての業務が主体となるので、上司の人たちも私のことを考えて、千葉県に二〜三週間、コンピューターの会社へ研修に行くことになった。荷物は前もってホテルに送っていたので、行く時は少なくて済んだ。何しろ初めてのことだったので、不安があったが、飛行機で羽田まで行き、そこから幾度か電車に乗り換えて無事にホテルに着いた。一緒に行った同僚のKさんが色々とサポートしてくれたので、だいぶん助かった。次の日からは、ホテルに会社の人が車で迎えに来るのでそれに乗って、その会社に行ってサイテックスというコンピューターの操作を勉強した。帰りも会社の人が車でホテルまで送ってくれる。夜はKさんと楽しく過ごせたし、休日はKさんがレンタカーを借りて、東京見物をした。初めて東京タワーに行った。Kさんは私の為にレンタカーを借りたので、レンタカー費用は私が払うつもりでいたのだが、「俺も車の方がいいから割り勘にしよう」と言ってくれた。

おそらく私に気を使わせないためだったのだと思う。なにしろKさんのそういった心づかいが嬉しかった。Ｋさんとは社内でも一番仲が良くて、本当に障がいのある事も忘れさせてくれる存在だった。

そして、いざ研修も終わり、コンピューターも導入して、少しずつではあるが新システムに移行していった。しかし、私はあまり使わせてもらえなかったのである。何故かというと、手作業での仕事をする人がいないので、私はそちらをしないといけないし、仕事が終わってからは、もう疲れ切っていてコンピューターどころではなかった。

そんな矢先、会社移転の話がでてきた。移転先は今の家からは五十キロメートルくらいあって車で二時間くらいかかって通えない距離なので、引っ越さないといけない。会社が私のために、家を準備してくれるというのは有り難かったが、家族で話し合った結果、断念した。しかし、断念した本当の理由はそれだけではなかった。

ある日、首の所に腫物ができた。病院に行って切開したので、通院しないといけなくなった。何日か半日有休を使用して通院したのだが、ちょうど忙しい時期だったこともあり、それを同じ職場の人はいいように思わなかったのか、「勝手なことばかりやっている」と言われた。私はその言葉に対して腹立たしく感じた。後で考えたら、それは私が必要なのだということ、立派な戦力だから、ということだったのだろうけど、その時はそこまで考えなかったのである。入社した時は、定年まで頑張ろうと思ったが、サイテックスを一度も触らせてもらえないまま、移転の前に退職した。自分が甘えていた事がわかった時、退職したことを後悔したがおそかった。

初めて知る障がい者

三十五歳、五月、オフセット印刷を主体とした第三セクターの会社に入社することとなった。第三セクターとは国や地方公共団体と民間が合同で出資・経営する企業のことだ。この会社は大手の会社で、オフセットの印刷の業務をやっていて、従業員はほとんどが障がい者だ。障がいの種類は色々な人がいて身体、聾者、内臓疾患の人などがいた。特に内臓疾患の人とは、初めて接するので、このような障がいもあるのだなぁ、と思った。さらに私と同じ障がいの人がいた。最初は嫌だった。その人が嫌なのではなくて、何となく自分の姿を見ているように感じたのである。これまで健常者のなかにいて、その環境に慣れていたのでそういう風に感じたのかも知れない。しかし、しだいに慣れてきたら自分と同じ障害なので、体のことや、生活面で色々と不自由なことなど意見交換ができて、遠慮なく話すことができたので良かった。

配属は一応これまでの経験を考慮して、ということで製版課に配属になった。業務もグラビア印刷とオフセット印刷の違いはあったが、作業的にはほとんど変わらないので、そんなに苦労はなかった。製版課の人たちとはすぐに仲良くなれた。問題はこれまでとはうって変わって仕事があまりないのである。これまで三つの会社で勤務してきたが、こんなに仕事がない会社は初めてだった。どういうことかと言うと、厚生労働省の「障がい者雇用のルール」[*1]に基づき、利益を出すのが目的ではなくて[*2]、ただ雇用していれば国にお金を払わなくて済むし補助金だってもらえる。そして何よりも知名度がぐんとあがる。だから私たちは会社にいて何もしなくても、そこそこの給料はもらえるということなのである。これまで必死で働いてきて給料をもらっていたので、夢のように思えたのは本音だ。そして出資企業が大手企業だし国や地方公共団体も関係しているので、株主総会などは弊社内

＊1 障がい者雇用のルールとは、民間企業で従業員が一定数以上の規模の会社は、障がい者を雇用しなければいけないこと。

＊2 障がい者をルール通りに雇用して、ちゃんと仕事をしてもらっている企業もある。

で行う為、一ヵ月くらい前から、清掃をしないといけなかった。一日中草むしりをしていた日も何日もある。でもこんなことはいつまでも続かなかった。社長が代わり時代の流れと共に、業務もアナログからデジタルに変わっていった。それに伴い、仕事も少しずつではあるが増えていった。これまで手作業で以前の会社からずっとやってきたことだが、パソコンを使用しての業務にかわっていったのだ。具体的にいうと、マッキントッシュ（マック）を使用して、イラストレーターとフォトショップというソフトを使用してデータを作成するのである。以前の会社では、千葉県までわざわざ研修に行って、結局はさせてもらえなかったPC作業を、やっと自分にもさせてもらえるので、嬉しかった。それと同時に製版課がなくなったことが寂しく感じた。

マックでの作業も、社内で研修を受けて業務をすることとなって、毎日の業務のなかでだいぶん覚えていった。ただレベル的には一般の企業では通用するものではないが、ここの会社での業務くらいは出来るようになった。人間関係も問題なく、みんな障がい者ということで気兼ねなく付き合うことができた。

母との再会

平成二〜三年頃だろうか。自分に子どもができ家族が増えた時、子どものことをすごく可愛く思った。私がこんなに思うのだから、私の母親も私が生まれた時は、きっと可愛かったに違いないと思った。そう思うと無性に母親に会いたくなった。でも手がかりはまったくないし、どうしたらいいのかわからなかった。とりあえず探偵さんに相談してみたが、費用がかなりかかるということで断念した。戸籍謄本を取り寄せたら少しはわかるのではないかと思い、自分で取り寄せてみた。だが、内容を見てショックを受けた。母も再婚をして幸せな家庭を築いているだろうとずっと思っていたのだが、結婚歴が五回もあった。どういう事情かはわからないが、それを知った時、会うのを断念した。

それから拾年ほど経った頃、一度はあきらめていた母との再会だったが、また無性に会いたくなってきた。再度戸籍謄本を取り寄せ、母のことを調べた。そして今度こそはと、思いきって会ってみようと決断した。

現在は熊本県に住んでいて、Y氏と結婚していた。Y氏という人は、再婚で子供が二人いる人だ。そしてY氏はもう亡くなっていた。住所を調べてY家を探して訪ねた。しかし母はそこにはいなかった。Hという男の人が訪ねてきて母を連れて行った、とY家の家族の人から言われた。Hさんというのは、以前に母と結婚していたが、その後に離婚した人だ。Y家の家族の人からH氏の電話番号を聞いていたので勇気をだしてH氏に電話をしてみた。母のことを尋ねて、自分は母の息子だということを伝えた。H氏は、最初は私の言うことを疑っていたが、生年月日や足が悪いことを伝えたところ信用してくれた。そして母はリューマチで今入院しているとHさんは言った。母に会いたい旨を告げたら段取りをしてくれて母に会うことになった。Hさんは病院に母の外出の許可をもらってHさんの家で会うことにした。

某日、大牟田のHさん宅を訪れた。母と三十五〜六年ぶりに再会した。思っていた母の姿とはかけ離れていた。化粧が派手で一見、水商売のホステスのような感じだった。そして左手が不自由になっていた。事故で不自由になったらしい。見かけはそんな風だったが、びっくりして涙を流して再会を喜んでくれた。自分も感無量になって泣いた。そして昔のことを色々と話してくれた。幼少の頃、父と祖母が会社に行っている時、隣の家に私が預けられていた頃、会いにきてくれたこと、障がい児入所施設に会いに来てくれたこと、私を何度も連れて実家に帰ったこと、そのたびに父が来て連れ戻したこと、父方と母方を何度も行き来したりしたので、母方の祖父が私のことが可哀そうに思えて仕方なく手放したこと、離婚までのいきさつ等……今まで知らなかったことをたくさん聞いた。一日ではとても話しきれないくらいだった。子どもの頃は、母に捨てられたと思って恨んだこともあったが、決してそうではなかったことがわかって安心した。これから三十五〜六年間のブランクを少しづつ埋めていきたいと思った。それから、何度か母の家に会いに行ったりした。母が不自由な手で料理を一生懸命作ってくれたりしてくれた。そして、話もたくさんした。しかし、その後何年かして、風呂場の事故でこの世を去ってしまった。もっと母との時間が欲しかったが、最後に会えてよかった。神様が会わせてくれたのだと思った。

祖母との思い出

平成十三年三月、これまで母親代わりに育ててくれた父方の祖母が他界した。祖母との思い出はたくさんある。養護学校の寄宿舎にいた時は一ヵ月に一度、土曜日から日曜日にかけて全員帰省しないといけない日があるのだが、その時はよく迎えに来てくれた。父が仕事で来れないことが多かったので祖母が来てくれたのだ。遠足や運動会の時もよく来てくれたし、弁当もたくさん作ってきてくれた。今思えば本当に感謝している。夏休みなどは家に帰って過ごしていても、どこにも連れて行ってもらえなかったが、たまに祖母がデパートに連れていってくれることがあった。その時は本当に嬉しかった。

昭和四十年代から五十年代というと、まだ障がい者が街で移動することに対して周囲からの視線が厳しい時代だった。みんな障がい者と一緒に外出するのを嫌がったりするのが普通だったのだが、祖母は自らすすんで外によく連れ出してくれた。松葉杖をついて外に出るのが恥ずかしくて怖かったので、いつも父や祖母におんぶしてもらっていたのだが、ある程度成長したら、自分で松葉杖をついて歩いて外に出るようにうながしてくれたのは祖母である。

中学から高校にかけては、家から通っていたのだが、反抗期の時期だったので、いつも祖母に反抗していた。暴力は振るわなかったが暴言はよく吐いた。何日も口を利かないこともよくあった。今から思えば祖母には本当に悪いことをしたと思う。

資格取得

祖母には何も孝行できず後悔したので、自分にも出来ることで、人の為に何か役に立つことはないかと思っていた矢先だった。精神対話士という仕事があることを知った。精神対話士とは、孤独感や寂しさ、心の痛みを感じている人（クライアント）に寄り添い、暖かな対話を通して気持ちを受け入れ共感し、人生に生きがいを持って、よりよい生活を送れるよう精神的な支援を行う心の訪問ケアの専門職である。精神対話士が対象とする方は、高齢者、病人、引きこもりの人、対人関係で落ち込んでいる人、介護に疲れた人、事故や震災の被災者、重病患者をはじめとする病人、ホスピスの入居者、学校生活や職場で精神的ストレスを感じている人など多岐にわたり、そうした心のケアを必要とする人々に、薬の処方や精神療法といった医療行為を行うのではなく、暖かな対話を通して心の重みを軽くし、生きる希望を見い出すお手伝いをする仕事だ。クライアントが希望する場所に精神対話士が出向き、対話を通して心のケアサポートを行うという仕事である。

精神対話士の資格を取るには、調べたところ、まず研修を受けなければいけない。週に一回、大学に行って丸一日講義を受けるのである。それが十五回、約三ヵ月。そのあとレポート提出、ロールプレイなど実践的なことも行う。そして最後に面接を受けて、合否が決まるというシステムだ。ハードルは結構高いし授業料も安くはなかったが、どうしても取得したかったので受講した。しかし最終的に不合格だった。簡単に取得できるとは思っていなかったが、やはりショックだった。二〜三百人くらい受講したのだが、合格したのは、二〜三人くらいのきびしい状況だった。しかし勉強して知識を得たので、「メンタルケアスペシャリスト」という資格を取得することはできた。精神対話士とまではいかないし、仕事としては活動できないが、ボランティアとしての活動はできるということだったので、取り敢えず地元のボランティアセンターに登録して活動を始めた。

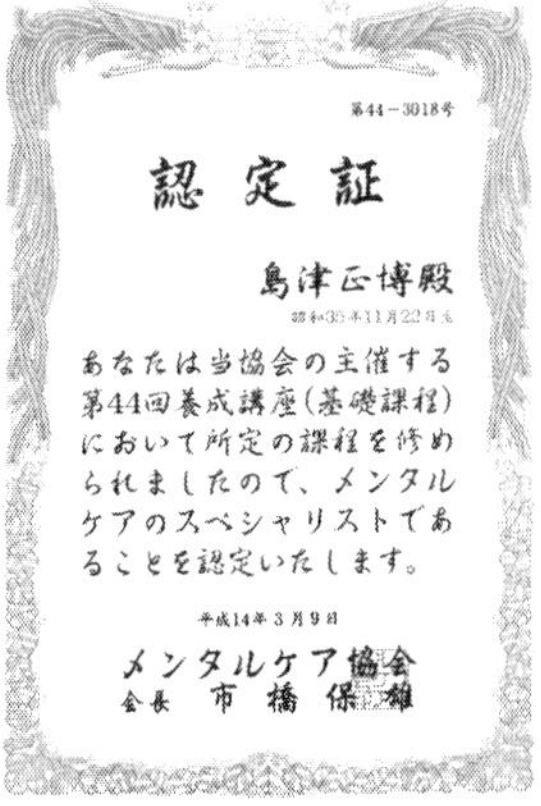

第44−3018号

認定証

島津正博殿

あなたは当協会の主催する第44回養成講座（基礎課程）において所定の課程を修められましたので、メンタルケアのスペシャリストであることを認定いたします。

平成14年3月9日

メンタルケア協会
会長　市橋保雄

メンタルケアスペシャリスト認定証

ボランティア活動

早速、ボランティアセンターから紹介されたのが、就労継続支援B型事業所というところで、精神障がい者の人たちが利用者として、色んな仕事をしているところだった。そこで月に一度二時間、みんなが集まって、コミュニケーションをはかろうという親睦会みたいな会合で、最初は少しとまどったが、勇気をだして参加した。初日はなかなかみんなの中に溶け込むことができなかったが、その後回数を重ねるたびに、みんながいろんな質問をしてきた。足が悪くて不自由なことはどんなことか、いじめとか受けたことはあるか、など、その他にも答えにくいこともあったが、正直に答えた。最初はみんな心を閉ざしていたのだが、だんだんと打ち解けてきて、利用者の人たちも、それぞれ自分の障がいのことなどを話してくれた。少しは、みんなの心のケアサポートができたかな、と思えて嬉しかった。

また、他のボランティア活動としては、個人的に一人の精神障がい者の人と一対一で会って話をするというボランティアを行った。Nさんという人で、人と話すことが苦手でなかなか人のなかに溶け込めず、少し鬱っぽいので話をして心を開かせてほしいというボランティアだった。月に一回二時間、ある喫茶店で待ち合わせて、そこで話しをするということだ。最初は少し抵抗があったが、喫茶店でということなので応じた。一回目は顔見せ程度であまり会話もしなかったが、二回目からは徐々に打ち解けてくれて、自分の趣味や、楽しいことなど色々と話してくれた。三、四回目とNさんは回数を重ねるごとに、積極的に話し出した。時間が足りないくらいに思えた。私もNさんが興味のあることに関して、次に会う時までに色々と勉強して質問などしたら、積極的に応えてくれて嬉しかった。そして、何回目かの時、次回は家にきてほしいとNさんから話しがあった。家となると密室になるのでとまどったが、ボランティアセンターの人に相談して、私ともう一人のボランティアの人と二人で対応するということで、Nさんも了承してくれた。

某日、Nさん宅を訪れた。家の中はあまりきれいとはいえないし、日当たりも悪く暗いところだった。部屋にあがらせてもらうのには少し戸惑ったが、どうぞ、と言ってくれたので部屋にあがらせてもらった。Nさんは山が好きで、また、絵を描くことが好きだと以前に聞いていたので、自分が描いた油絵や山の写真などを色々と見せてくれて説明もしてくれた。Nさんは生き生きとしていた。最初に喫茶店で話した時とは比べものにならないくらいだった。そして予定の二時間が終了したら、Nさんは「これまでありがとうございました。島津さんのおかげで少し自信がつきました。今後は自分からみんなの中に積極的に溶け込んでいこうと思います。勇気がでました。今日で最後にしてください。ありがとうございました」と言われた。微力ながら少しでも人の役にたてたことが何よりも嬉しかった。後にお礼のハガキも頂いた。しかもNさん自身が描いた油絵の絵ハガキだった。このボランティアをやって良かった、と改めて思った。

メンタルケアの活用

ある日、車で事故を起こした。片側二車線で、コンビニで買い物をして右折で出ようとした時だった。左ばかりに気を取られていたせいもあるが、出た瞬間、右運転席ドアに車が突っ込んできた。私の方も相手の方も軽自動車だったので、ドアは破損がひどかったが、幸いケガはなかった。相手の人はお年寄りの女性で心配したが、怪我はなかったようなので一安心した。取り敢えず警察を呼んで処理を行った。保険会社にも電話して対応してもらった。一通り処理が終わって、最後に相手の方が心配だったので、「外傷はないかも知れませんが、一応病院には行ってください」と言った。相手の方も「わかりました」と言ってくださったので安心した。その後、住所も聞いていたので、数日経って、夕方四時頃その人の自宅を訪れた。少し都心から離れた場所に自宅はあった。一軒家の木造で少し古めの家だった。玄関のチャイムを幾度か鳴らしたのち、やっと出てこられた。先日の事故の謝罪をして、その後、病院に行かれたかどうか尋ねたが、異常はないので行っていない、と言われた。誰もいないので上がってください、と言われたので、少しお邪魔することにした。そしたら、色々とお話をされた。今は一人暮らしで、息子夫婦は近くにいるが、寄り付きもしない、いつも一人で寂しく暮らしているとのことだ。私も少し質問などしたりして、一時間くらい話を聞いてあげただろうか。何か心が和まれたようで、私も安心した。私の聞き方がよかったのかも……と思い、少しは人助けができたかなぁ、と思って嬉しかった。帰る時は、「今日は有難うございました。あなたが話を色々聞いてくれて嬉しかったです。また来てください」と言われた。交通事故の被害者と加害者の関係なのに、変な会話であるが私も心が和んだ。しかし、それ以後行くことはなかった。

孤独

平成十六年、第三セクターの会社を退職して次の会社に転職することになった。広告や垂れ幕やステッカーなどを、大型インクジェット出力機で印刷して加工、仕上げまでをする株式会社DDという会社だ。マックオペレーター募集ということで、私は若干ではあるが経験者だったので面接に行った。場所は倉庫みたいな所だったが、作業場はバリアフリーみたいだったので安心だった。専務という人が直接面接をした。ひととおり面接が終わったので、「ご返事は二週間後くらいですか？」と尋ねたら、「いつでもいいですよ。いつから来れますか？」と言われた。想像していなかったので、びっくりしたとともに嬉しかった。「マックはできるんですよね？」と改めて尋ねられたので、「はい、できます」と言った。自宅から車で五十分くらいかかるが無理ではなかった。それよりも、やる気にあふれていた。障がい者は私ひとりだったが、やっていける自信はあった。なぜなら、データを最初から作成するのではなく、取引先からデータを受け取って、少し手を加えるだけなので安易に考えていたのだ。データをマックに取り込み、少し手を加えて、別のＰＣに送ってそこから印刷機にまたデータを送るという作業システムで本当のデジタル印刷だ。

しかし、初日からは仕事はさせてもらえなかった。ただマックの前に座って何かしていたのだと思うが、何をしていたか覚えていない。もしかしたら、『障がい者だから何もできないのだろう』と思われて仕事を与えてもらえないのかも知れないと思ったので、たまらず仕事を配分している人に「何か、仕事ないですか？」と尋ねると、やっと仕事をもらえた。他の人と同様に初の仕事をさせてもらった。うまくできた時は嬉しかった。自分にも十分できる、と確信した。

しかし、気付けば徐々に高度な仕事を任せられるようになっていた。問題は色合わせがすごく大変なのだ。ずっと座っての業務ではなくて、お客さんの要望の色が印刷機で印刷できるまで何度も頻繁に印刷機との間を移動しないといけないのである。色がなかなか合わない時などは本当に苦労した。みんなが毎日忙しそうに動いているので、障がい者だの健常者だのは関係ないのだ。私も集中していたので、勤務中はあまりきつさもなかったのだが、毎日仕事が終わって夜中に家へ帰ると、食事をして風呂に入って、あとは寝るだけだ。おかげで給料はかなりもらえることができた。しかし、障がい者は自分ひとりだったし、年齢は四十代半ば、みんな若い人が多かったせいか、いつも孤独だった。それが一番辛かった。名前で呼ばないで「足が悪い人」と呼ぶ人もいた。

ある日、昼ごはんを買いに近くのコンビニへ行った帰り、事務所の傍を通った時に「島津さんが、コンビニに松葉杖をついて、わざわざ何か買いに行って…かわいそうに、誰か買ってきてあげたらいいのに」という声が聞こえた。それを聞いた時は、本当に辛かった。このまま帰りたかった。

仕事もうまくいかないことが多々あった。取引業者からひどいことも言われた。本当に心も体もボロボロになりかけつつあった。毎日がハードで、話し相手もいなくて辛かった。そんな時、仕事面で自分でどうしても納得いかない事があった。でも自分の意見は言えなかった。弱い立場だった。それは自分が障がい者だからという思いがあったからだとも思える。誰にも相談出来ず一人で悩んでいた。精神的におかしくなってきて病院を受診した。うつ病寸前だと言われた。どうしようもなくなって退職する決心をした。年齢も四十代半ばだったが不安は全くなかった。とにかく一日も早くこの会社を去りたかった。それほど辛かった。先のことなどは考えていなかった。とにかくしばらく休みたかった。

やりたかった仕事

平成十八年九月で、株式会社ＤＤを退職したあと初めて無職になった。自分自身としては開放感でいっぱいだった。精神的にも本当に楽になったのだ。それから、しばらくはハローワークからの失業給付金をもらうことにした。前会社での賃金がよかったので失業手当も良かった。しばらくはそれをもらって体を休ませるつもりでいた。しかし、やはり仕事を早く見つけた方がいいのではないかと思い、定期的にハローワークに通いだして仕事を探していたところ、気になる企業があった。「メンタルケアスペシャリスト」の資格を持っているがゆえ、福祉の仕事がしたかった。訪問介護サービスの企業の求人があったので面接を受けることにした。「二十四時間三六五日体制の老人介護サービス」を主体とした全国規模の福祉介護会社である。博多駅前のビルの中の一室に九州支社があるので、そこでの面接だった。全国規模ということで、各地に事業所がある。九州は九州支社が主体で、あちこちにセンターという事業所がある。そこのどこかの事業所に配属になるということだ。しかし、採用にあたり色々と問題があった。私の場合、車通勤は必須だったのだが、一番の問題は従業員の駐車場がないということだ。会社の車の駐車スペースは四台分あって、ヘルパーさんが車でケアに行っている時には駐車場が空くので駐車しても良いという曖昧な条件での採用となった。さらにこれまで会社勤めしてきて正社員で仕事してきたのだが、初めて契約社員での採用となった。屈辱を感じたが、好きな仕事に携われるということで、あまり気にしないようにした。

業務内容は事務全般で、初めての事務系での仕事だ。小さな事務所があって、そこでの勤務ということだ。給料は前職とは比べものにならないくらい安かったが、働きやすい職場だった。そしてみんないい人たちばかりだった。女性ばかりの会社だったが、初出社の日は昼食をみんなで一緒に食べて雑談などして心が和らいだ。以前が本当に辛かったので、余計にそう感じたのかも知れない。

事務という職種での採用は初めてだった。もちろんそれだけではなくて、電話応対とかその他の雑務とかもしなければいけなかった。正直言って今までの仕事と比べたら物足りない部分は多々あった。でも自分がやりたい業務だと思いこの仕事に就いたのだから、頑張ろうと思った。主な業務はヘルパーさんが利用者さんの自宅に行ってサービス（身体介護や居宅介護など…）を行ったその記録を集計し、そのサービスの種類によって請求金額を計算、毎月十日に国保連に請求するというのが主だ。この請求業務を覚えないといけないのだが、なかなか教えてもらえなかった。というか、あまり詳しい人がいなかったと言った方がいいかも知れない。しかも自分がいたセンターは障がい支援だけのサービスを行っていた。障がい支援をやっているセンターが少なく、それでもどこか別のセンターを見つけて、色々と教えてもらうようにお願いしたのだが、なかなかスムーズに教えてもらえなかった。私が障がい者だから教えない、という態度がみられた人もいた。

クレームもかなり多くて、その対応が大変だった。もちろん私は電話口で謝罪するだけで、後の対応は別の人が直接利用者さん宅に行って謝罪していた。その辺は助かったのだが精神的に辛かった。自分は甘えていたのだと思った。仕事もないし、賃金も安いということで、半年も勤めないまま退職することとなった。

孤立

ハローワーク通いが続いた。障がい者求人はあることはあるのだが、年齢も年齢なのでなかなか決まらない。面接まではいってもやはり採用までは至らないのだ。一番のネックは自動車通勤できる会社ということなのだが、範囲が狭く、なかなか自動車通勤できる会社は少ないのである。

毎日いつものように朝、家を出るのだが、そのあとはどこかに車で行って時間をつぶしていた。ショッピングセンターの駐車場で時間をつぶしたり、公園に行ってウォーキングしたりして時間をつぶしたりもした。次第にあせりも感じるようになった。とりあえずどこでもいいから就職しないといけないと思った。そんな時、面接に行った会社に就職することができた。

大手の物流会社だ。海外からの輸入や輸出に関する業務を主に行うところで、初めての業務、初めてのスーツ通勤になった。もちろん車での通勤を許可してもらった。職場は百人くらいいる広いフロアだ。障がい者は自分を含めて三人いた。一人は片手が悪い人で、おそらく小児麻痺のようだ。もうベテランのようで、バリバリと仕事をしているようだった。もう一人は、少し足が悪そうだったが、別の部屋に閉じこもって何か仕事をしているようだった。障がい者がいるということで少しは心強かったが、こういうところでの業務は初めてだし不安が大いにあった。果たして自分に務まるのだろうかと…。

業務をいくつか担当させてもらった。しかし、初めての業務だしわからないことだらけで、直属の上司に頻繁に聞くのだが、とても忙しくて教えてもらえる状況ではないのである。もちろん全く教えてもらえないのではない。一度は教えてもらえるのだが、一度ではわからないことだらけで孤立することが多かった。それでも、わからないと仕事ができないので、「すみませんが、もう一度教えてもらえますか？」と言ったが「一回言ったでしょ！」と言われ、相手にしてもらえなかった。

主な業務のひとつとして、タイから輸入したあるメーカーのキャンディーを、東京の当社の会社の倉庫から全国の問屋さんに配達するための伝票印刷がある。ある日、自社の控え分が写らないので直属の上司に言ってインクの交換をお願いしたところ、「うちの控えだから、そのままでいいでしょ！」と強い口調で言われた。そうしてそのままにしておいたら、今度は別の人に「いくら控えといっても、これはダメでしょ！」とひどく怒られた。そしてその業務が私から他の人に代わった途端にインクを交換したのである。私の立場は何だったのか、怒りを感じたし差別を感じた。仕事的にもそうだろうけれど、やはり年齢と障がい者というレッテルが妨げとなっていたのではないかとも感じた。その時、前会社のあのアットホームな雰囲気が恋しくなり、退職したことを後悔した。もう前の会社には戻れないが、「どこかの介護事業所で働きたい」「また、ああいう雰囲気の中で仕事がしたい」という思いがこみあげてきた。そして通信教育で介護事務の勉強をして、介護事務の資格を取得することができた。そうして、この会社も一年も持たずに退職してしまった。再び、就職活動を始めた。

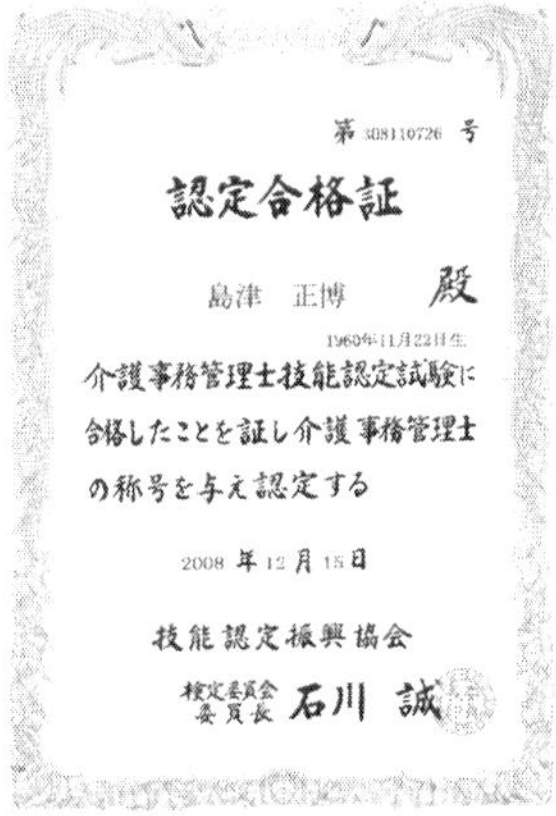
第 308110726 号

認定合格証

島津　正博　殿

1960年11月22日生

介護事務管理士技能認定試験に合格したことを証し介護事務管理士の称号を与え認定する

2008 年 12 月 15 日

技能認定振興協会

検定委員会 委員長 石川　誠

介護事務管理士認定合格証

厳しい現実

ハローワークで介護事業所を中心に就職活動を始めた。しかし考えが甘かった。障がい者での求人はまずないのである。それでもなんとか少しくらい遠距離でもかまわないという思いで一件、面接してもらった。福岡市内の会社なのだが、まず車通勤ができないということで引っかかった。それでも何とか地下鉄で通える所だったので大丈夫だと思い、面接を受けた。マンションの一室が事務所になっていた。面接の感触は良かった。そして介護事務の資格を取得している旨を告げた。しかし不合格だった。やはり事務だけでは無理のようで、ヘルパーもできないといけないのだ。障がい者でヘルパーもしないといけないということに、少し矛盾を感じたが仕方なかった。他に福岡だけではなく、範囲を広めて探したが障がい者の求人はなかった。仕方なかったので、一般募集で北九州の介護事業所に面接をしてもらうように何とかお願いして承諾してもらった。履歴書を持参して北九州まで面接に行った。しかし、最初から相手にしてもらえなかった。履歴書をつき返された。精神的ショックが大きかった。ここでもやはり事務だけでは無理で、ヘルパーの資格がないといけないということなのだ。結局、介護事務は断念した。希望職種を広くしてまた就職活動を開始した。それでもいくつか面接したが、なかなか採用まではいたらなかった。自分でもあせりがでてきた。

障がい者としての引け目

とりあえずどこでもいいから就職しようと思い、面接して採用してもらえたのが、車の販売会社だ。車は好きだだが、賃金は時給制ということで今までで最低の条件だった。仕事内容が簡単な業務だったからかもしれない。この会社で働きながら、別の会社を見つけようという思いで就職した。しかし、業務的には完全なデスクワークでコツコツと行う内容だったので、自分には向いている仕事だと感じた。そして同じ部署の人も以前と比べると話しやすい人たちが多かったので、とりあえずはがんばってみようと思った。

勤務場所は、本社の二階である。一階は車のショールームになっている。本社勤務の人たちは基本的に建物の裏に階段があるのでそこから出入りするのだが、外の階段でしかも急こう配な為、私だけ建物の中の階段を通っていいということになった。ショールームの中を通り、一番奥の階段を使って出入りをしないといけなかったのが嫌だった。何故かと言うと、一つは、特別扱いが嫌だった。外の階段が無理なら仕方ないのだけれど、何度か上り下りしてみて大丈夫だったので、「私もみんなと同じでお願い致します」と言ったのだが、事故が起きたときのことを考えられたのだろう。外の階段を使うことを禁止された。私だけ中の階段を利用することになった。もう一つは、障がい者としての引け目をやはり少しは感じていたのだと思う。ショールームを通るということは、お客様の目に触れるということだ。それがネックになっていた。

例えば、松葉杖の私がショールームを通っている時、お客様がいたとしよう。そのお客様の感じ方として、「障がいがあるけど、頑張って仕事していらっしゃる。障がい者を雇用しているので、いい会社だ」と思うか、または、「この会社は障がい者なんか雇っているのか。この会社を利用するのはやめよう」と思う人もいるだろう。私は後者をお客様が感じた時に、会社に対して申し訳なく思ったのである。会社の人の中にも、同じような考えをした人がいるのを、私は感じていた。私の勝手な偏見かも知れないが、そう思ったのはたしかだ。また、昼食も離れに食堂があって、本当は食堂で食べないといけないのだが、私だけ職場で食べて良いと言われていた。だが、みんなが仕事をしている中、私一人で食事をしないといけないのも嫌だった。ただ、同じ部署には同年代の人たちが多く、人間関係も良好だったこともあって、約十年勤務した。

新しい人たちとの出会い

令和元年十一月より、就労継続支援A型事業所 悠悠というところで働き始めた。どういう所かというと、障がいや難病のある人が、雇用契約を結び一定の支援やサポートがある職場で働くことができる障がい福祉サービスのことである。一般的には、一般企業で働くことが困難な人たちが就労する所だ。もちろん一般企業で働いた人でも就労支援を受けてもいい。

以前の私だったら、障がい者の人たちの中で仕事をするのに抵抗があったが、今は何の抵抗もなかった。逆に自分も障がい者なので、みんなと同じ仲間なんだ、という意識が強く、むしろ働きたかったというのが本音だ。

従業員は、最初十人~十五人くらいだったが、だんだんと増えてきた。みんな受給者証というのを取得した人ばかりで、精神・知的・身体・難病を持った人たちだ。精神障がい者の人などは、見た目は普通なのだが時に精神的に不安定になったりすることがあるようだ。以前ボランティア活動で触れ合った経験はあるが、仕事で一緒になるのは初めてだった。私自身、正直に言うと精神障がい者の人には少し違和感をもっていた。以前、訪問介護の会社で働いていたとき、利用者の人で精神障がい者の人がいたのだが、ちょっとしたことが原因で、精神的に不安定になられてトラブルになり、警察沙汰になったことがあったためだ。しかし、ここの会社の人たちは、そういった人たちではなかった。ほとんど普通なのだ。

仕事内容は、ＰＣ作業と軽作業が主で、あとは地域貢献ということで、清掃に行ったり、ポスティングといってチラシ配り……等々。いろいろな業務をおこなっていた。はっきり言って、今までと比べるとレベルは低かった。私はＰＣ作業の仕事を主に担当することになった。自慢ではないが、私は仕事はできる方だったので、みんな、わからないことなどよく聞きに来た。休み時間もよく話しかけられたりした。たしかに話すと少し違和感があったのだが、そこはメンタルケアスペシャリストの資格を発揮するところだ。それがいいのか、私のところに話しかけてくる人が多かった。令和二年十二月に退職したのだが、みんなが寄せ書きみたいなものを書いてくれて、すごく嬉しかった。これまで何回か転職してきて、このようなことをしていただいたのは初めてだった。みんな、一般企業への就職を目指してがんばっているのが、ひしひしと伝わった。そんな中で、若い女性のYさんという方がいて、過去に何があったかわからないが、男性恐怖症らしく、スタッフの方から、Yさんには話しかけないで下さい、とみんなに言われていた。Yさんとは会話はおろか、挨拶もしなかったのだが、社内の清掃の時などに少しだが会話をしたことがあった。Yさんは普通に私と会話してくれた。そして寄せ書きに書いてあった。「島津さんと話せてよかった。少し自信がもてました。少しずつですが男性恐怖症も改善できそうな気がします」その言葉が、す

みんなが書いてくれた寄せ書き

悠悠の土屋社長（左）と会社前にて

ごく嬉しかった。少しは人の為に何かできたかな、と改めて思った。後にこの女性は一般就労に就いたようで本当に良かった。そして私自身も精神障がい者の人たちと触れ合えて色々なことを教わって勉強になったし、この会社で働けて良かったと思った。

最後の職場

令和三年一月より、初めて人材派遣会社で働き始めることとなった。人材派遣というシステムはというと、派遣会社に登録している人材を派遣先企業に派遣してもらい、業務に就いてもらうサービスのことだ。

事務所はマンションの一階で、そこに、社長、部長、管理者二人と事務員さんが私を含めて四人、計八人で業務を行っているのである。私の主な業務は、入社する人の登録と契約書の作成だ。決まり事は何かと多いが、覚えてしまえばそんなに難しい業務ではない。これまでとは違ってこじんまりとした事務所で、しかも社長と管理者以外は私を除いてすべて女性ということで、圧倒された。そして皆さん年齢も高いので、雑談や人の悪口が多彩だ。以前女性ばかりの職場にいたこともあるが、やはり雑談や人の悪口が多かった。とくに人の悪口のことを言うと、男性もあると思うのだが、女性の方が集まると、結構パワーがみなぎるのを感じるのである。私はおとなしく聞いているのだが、そういったことを聞いていると、言われている人が何となくかわいそうに思えてならない。たしかに、私も以前は人の悪口などはよく言っていたかも知れないが、第三者の立場に立ってみると、やはりそういった言動は注意しないといけないなぁと改めて思えたのである。

ともあれ、ここの職場がおそらく私の生涯で最後の職場になることで、二十歳で就職して、約四十五年（あいだ少しブランクあり）十か所の会社を渡り歩いた。出世もなく退職金もなかったが、私としては後悔していないししたくない。色々な人と出会えたし、色々な仕事や経験をさせていただいたことに感謝したい。

親父

親父と俺

冒頭にも書いたが、私が五歳の時に両親は離婚した。それからは、父方の祖母が母親代わりに育ててくれた。祖母には本当に感謝している。しかし、やはり肉親である親父が一番好きだった。養護学校にいる時は、学校の行事や遠足などは、みんな母親が来ていたのだが、私のところは、祖母がよく来てくれた。祖母に対して、たまには「来なくていい!」と言ってつっぱねるときもあった。本当は親父に来てほしかったが、仕事だし、父はあまりそういったことに参加するタイプではないので、寂しいけどあきらめていた。わがままは決して言わなかった。

親父はお酒が好きでよく飲んでいた。酔った親父は怖かったが、それでも親父のことが好きだった。家に帰省した時は、親父の横に布団を敷いて、いつも横で寝ていた。養護学校の寄宿舎にいた時は、まだ高速道路もない時代で、いつも大牟田から片道三時間かけて迎えにきてくれた。今でも向こうの方から親父が歩いてくる姿が見えるような気がする。帰りの車の中では何も話さなかったが、親父の傍にいるだけで安心した。往復六時間、本当に有難いと思った。

小学校一、二年生くらいの時、日曜日の夜だった。寄宿舎で部屋に一人だったので、寂しかったのか、めずらしくわがままを言って親父に泊まってもらった記憶がある。親父は次の日が仕事だったので朝早くに帰っていった。そんなやさしいところもいっぱいあった。小学六年生の冬休みに盲腸にかかって、三週間くらい入院した。ちょうど年末から年始にかけては病院で過ごしたのだが、親父が病院に泊まってくれて親父と二人で病院で正月を迎えた。日頃、あまり会話をすることもなかったのだが、この時は、親父との時間をゆっくりと過ごすことができた。

中学と高校は地元に戻ったのだが、毎日学校への送り迎えを六年間してくれて有難いと思った。高校卒業と同時に家を出て、就職も地元ではなかったので、それから一緒に暮らすことはなかったが、結婚して子どもができた時はすごく喜んでくれた。親孝行と言えばそれくらいしかない。

親父との生活、介護の記録、そして別れ

二〇一二年四月十一日（水）、叔母より電話があった。叔母は親父と同じ大牟田市内で一人で住んでいる。親父の様子がだいぶんおかしいとのこと。もの忘れがすごくひどいと言った。

四月十二日（木）　さっそく午前中、親父の家に向かった。親父はいなかった。しばらく待っていると十四時頃、帰ってきた。正月以来会うのは三ヵ月ぶりくらいだ。言語障がい、物忘れなど、今までにみたことのない親父だった。思わず涙ぐんだ。この日は親父の家に泊まった。

四月十三日（金）　朝から親父を病院に連れて行った。検査をした結果、脳梗塞と認知症と診断された。医療的な治療はできないが無理を言って入院させてもらうことにした。

四月十四日（土）　病院より電話があって、親父が家に帰りたいと言っているようなので、すぐ病院に親父を迎えに行った。それからそのまま、一緒に親父の自宅に帰った。病院をすごく嫌がる様子が見られる。そして、その日から親父との生活が始まった。

四月十五日(日)　朝、別の部屋で寝ている親父が起きてきた。布団もきちんと片付けて、着替えもしていた。嫌いな病院に行くつもりで身支度をしたのだ。「今日は病院には行かないよ」と言ったら少し嬉しそうに微笑んだ。

昼には近くに住む叔母と関西から来ていたもう一人の叔母も来て、親父も喜んでいた。夕食もみんなで食べた。親父はよっぽど嬉しかったのか、酒が飲みたいと言った。しかし、叔母たちに止められて残念そうにしていた。ずっと一人で寂しい思いをしていたんだなぁ、としみじみ感じた。夕食のあとは、みんなにあやまっていた。頭の中が混乱しているようで、みんなに迷惑をかけていると思ったのだろう。叔母も涙を流していた。

それから、しばらくは地域包括センターの人たちの協力を得ながら、とりあえず、介護認定を受けて、何らかの形でヘルパーさんを入れる方向で話を進めた。

親父と二人での生活、食事は叔母が準備してくれたり、夕食は毎日、弁当を頼んだりしていた。親父は十九時くらいには就寝して、いつも夜中の三時くらいに起きていた。昼と夜の区別もわからないし、季節もわからなくなってきていた。もう暑いのに冬のジャンパーを着て、手放さなかった。また、次の症状も何度かみられた。

・失禁があった。トイレに行こうという意志はあるのだが、間に合わないことがあった。便器の外に尿をして、トイレは尿だらけになったりした。幸い、便はパンツにくっつく程度だったので良かった。

・歯磨きは一つ一つ説明をしないといけない。

・着替えも一から十までお世話しないといけない。

・入浴は嫌がるのだが、何日か経ってようやく風呂に入ることに納得してくれて入った。体を洗ったり、髪の毛を洗ったりすることが分からないのでしてあげないといけない。

・食事の時は食べ物にお湯をかけたりする。

その他色々とお世話が必要で、私一人では無理だったので、早くヘルパーさんのサポートがほしかった。

四月二十九日（日）二十二時頃、別室で就寝しているはずの親父の様子を見に行くと、親父がサッシをはずして外に出て行ってしまっていた。家は市営住宅の一階なので、簡単に出られるのだ。すかさず警察に電話して捜してもらった。叔母にも電話して来てもらった。日付が替わって午前〇時四〇分頃、身柄が確保されたらしく、警察の人に付き添われて帰ってきた。親父は裸足で家から相当離れたところまで歩いて行っていたのである。雨のせいで帰って来た時はびしょぬれで、おどおどした様子で、何かに怯えているようだった。私たちから怒られると思ったのだろうか。親父がふびんに思えてきた。でも本当に無事で良かった。何も言わずにすぐ就寝させた。

四月三十日（月）　昨日に続き雨が朝から降っていた。親父に少しでも記憶を想い出してほしいと思って、以前みんなで住んでいた会社の社宅に連れて行った。昔のイメージはほとんどなかった。長屋は無くなって新しい住宅が立ち並んでいた。そんな中、よく行く商店は残っていた。以前、社宅に住んでいた時よく利用した店で、そこの家族とは親交があった。何十年かぶりに訪れると、おばさんがいた。懐かしかった。おばさんも私のことを覚えていてくれた。親父に商店のこと、おばさんのことがわかるかと聞いたら、わかると言った。少しでもわかってくれたと信じたい。おばさんは必死で親父に声をかけてくれた。しかし、親父の反応は今ひとつだった。またゆっくり来たいと思った。

五月一日（火）　夜に親父が風呂に入っていた。それまで風呂に入る時は体を洗ってあげたりしていたのだが、あまりそうするのも嫌がったので、洗い方やお湯の出し方など教えて、部屋で待っていた。そして下着も汚れ物は洗濯機に入れて、新しい下着を脱衣かごに入れておいた。しばらくして上がったらしく、ガタガタと音がしたので、大丈夫かとカーテンの外側から声を何度もかけたのだが、親父は何度も大丈夫と言っていた。そして浴室から出てきたのだが、目の上を怪我したらしく血がでていた。そしてシャツを足からはこうとして、なかなかはけずに苦労していた。「それじゃない！　こっちをはかんね！」とパンツを差し出した。そしたら「それじゃなか、こっち！」と言って、絶対にシャツを足からはこうとしてきかないのである。何度言ってもきかないので「こうやって、はけばいいやろ！」と無理やりはかせたのである。そしたら「そうやって、はいたらいいんやね」と言って、ようやく納得してくれたようだった。おそらくシャツを足からはこうとしてはけなかったので、バランスをくずし倒れそうになって怪我をしたのだろう。それから、普通はパジャマを着るのだが、別の部屋に行き、どこかに出かける服装をしてきたので「どこかに行くと？」と聞いた。何も返事がなかったので、「どこかに出て行くのなら警察を呼ぶよ」と言ったら、「お前はいつからそうなったのか？」と言った。おそらく自分のしたことを否定されたのが気に食わなかったのだろう。そして、ちょうどそばに置いていた私の松葉杖をとって「お前みたいな奴は、これで脳みそをかちわってやる！」と言って、ふりかざしてなぐってきた。あわてて足をはらって倒れたところを押さえ込んだ。親父は「殺せー」「殺せー」「殺してくれー」と何度も言った。私も頭の中で少し「親父をこのまま殺めたら自分も介護から逃れられて楽になるかも知れない」と思った。しかし、親父の手から血が出ているのをみて、ふっと我にかえりあわてて救急車を呼んだ。親父は、最初は「救急車は呼ぶな！」と言っていたが、心配だったので救急車を呼んだ。「事件にするな、事故にしろ」と親父は何度も言った。俺をかばってくれたのだ。外は雨が降っていて、救急車とパトカーが停まっていた。ストレッチャーに乗せられて、救急車で親父は病院に運ばれた。俺は部屋で泣き喚いた。「親父、ごめんな」と何度も繰り返し叫んだ。そして、民生委員の人が来たので、その人の車で俺も病院に行った。親父の様子は落ち着いていた。本当は入院はできないのだが、病院に無理を言って、親父にも頭を下げて、その日は入院してくれるように涙ながらに頼んだら、何とか受け入れてくれて入院してくれることになった。

五月二日（水）　朝九時に病院に向かった。親父は俺を待っているようだった。脳神経科からの話で、「こういうことがあったので、もう一緒には住めないと思います」と言われ、先生と話して精神科専門の病院への入院を勧められた。

翌日からゴールデンウィークに入るということもあって、なかなか受け入れてもらえる病院がない中、一件の心療病院を紹介されて、早速、親父を連れて向かった。病院へ行く途中、車の後部座席に座っていたのだが、高速道路を走行している時にドアを開けて外に出ようとしたので冷や汗をかいた。チャイルドロックをしていたので助かった。

精神科の病院に行くのは初めてだった。車で四十分くらいの所の精神科に行った。まず、受付と事務の人がみんな黒のスーツを着た人たちばかりだった。受付が終わって、病室を案内されるのに、ずっと奥の方まで廊下を歩いて行き、奥に行くごとに扉がいくつかあって、その扉ごとに鍵がかかっていて、その都度鍵を開けて入るのである。そして、その中の一部屋に通された。先生と看護師さんを紹介されたのだが、先生は普通のスラックスにジャケットという格好だし、看護師さんはTシャツにジーンズなのである。首から名札をぶらさげているから患者と区別がつくが、それがなかったら本当に区別がつかない状態だ。まあ顔を見ればわからないこともない。やはり患者さんは目つきが違う。少し怖い感じがする。外を歩いている患者さんなどは、スタッフの人が付き添って歩いている姿がよく目についた。
先生の話の途中で、親父が少し興奮したので、親父だけスタッフの人たちに別室に連れて行かれて鍵をかけられて閉じ込められた。少しかわいそうな気もしたが、仕方のないことだとあきらめた。そのあとはソーシャルワーカーの人と今後のこと等を話して、病院を後にした。しばらく、この病院にお世話になることになった。

この一ヵ月間は本当に波乱のひと月だった。正直言って現在のところはひとまずホッとした感じだった。しかし、親父の今後のことが一番の気がかりだった。しばらくは親父とは会わない方がいいと病院から言われたので、荷物を持って行ったりするだけで親父との面会はしなかった。

五月十七日（木） 午後二時過ぎ頃、約二週間ぶりに親父に会うことができた。久しぶりに会った親父はすごく落ち着いていて俺のことも覚えていてくれていた。別室で面会した。昔の親父とはまったく違っていて、おどおどしていた。思わず涙がでた。「俺のせいだ、俺がずっと親父を一人にしていたから親父がこんな状態になったのだ」と自分を責めた。

そして親父に謝った。どこまで理解していたかわからないが親父は許してくれた。今の俺にはとにかく謝ることしかできなかった。そして今後の事、退院後の事、施設入所の事など、初めてお会いしたソーシャルワーカーのKさんと相談した。Kさんも親身になってアドバイスしてくれて安心した。とにかく親父が元気そうで安堵した。どこまで理解しているかわからないが、今後は施設へ入所することを言ったら納得はしてくれた。

その後は、今後の準備などをやりながら、時折病院に電話をして、親父の様子を確認した。オムツ等、必要なものを持っていった時は面会した。五月二十八日（月）に面会した時は、最近はあまり食事を食べないらしく、点滴をしてもすぐ自分ではずすらしい。本人に訊ねたら、食べる意思はあるようなのだが、食べれないと言っていた。看護師さんに親父が好きなものを売店で買ってきてくれるように頼んだ。おそらく精神的なもので一人で寂しいのだろうと、この時は思っていた。しかし、この時から病気の症状が出てきていたのだと思う。この時気がついてあげれたら…と後から思った。

五月三十一日(木)　午後から親父に会いに行った。風呂に入っていたのでしばらく待っていたら上がってきたので面会した。看護師さんにアクエリアスとゼリーを買ってきてもらって、親父は少しだけだがそれを食べ、おやつにおじやがきたので、それも少し食べた。おそらく無理して食べていたのだろう。俺に心配をかけまいと思っていたと思う。そして、自分が少しおかしいと思っているらしく、そんな言葉を口走った。一時間位面会して帰った。帰り際に親父は俺と一緒に行こうとしたけど、そこから出るにはドアのカギを開けないといけない。看護師さんがカギを開けて、俺が出るとすぐにカギを閉めた。親父は必死でドアノブを回して開けようとしたが開かないので、寂しそうに、しばらくこちらをずっと見ていた。別れるのが辛かったが仕方なかった。

それからも、親父はなかなか食べ物を食べてくれないので、食欲増進の薬を投与したり、鼻から栄養を入れたりと色々と栄養の摂取法を試してみたりしていただいたのだが、なかなかうまくいかない。親父は日に日に衰弱していくような気がした。本当ならずっと傍にいたかった。

六月十六日（土）　二日前に病院のW先生より電話があって、親父の具合があまりよくない、と言われたので心配になり様子を見に行った。事務所のすぐとなりの部屋にベッドが移動してあって、親父は点滴をするために両手をしばられていた。酸素ボンベも口にして、仰向けになっていた。食べれないので仕方ないが、本当にかわいそうな気がした。

六月二十日（水）　仕事中に病院のW先生より電話があった。親父の状態があまりよくないので、本日、別の内科のH病院に転院させたいとのことで、会社を早退してその病院に向った。しばらくして親父は、心療病院のスタッフの人たちと来た。親父は車椅子に乗って、酸素ボンベと共に病院に入ってきた。かなり痩せていてほんとに元気がなかった。肺炎をおこしていると、H病院の院長先生から説明を受けた。病棟はナースステーションと同じフロアでいつも看護師さんの目がとどく場所なので安心した。こういう部屋をみたのは初めてだ。とりあえず手続きなどを済まして、帰宅した。

その日の夜中○時半頃、H病院より電話があった。親父の容態が急変したとのこと。病院に向った。親父はベッドに横になっていて、呼吸だけしている状態だった。声をかけたかった。大きな声で「親父！　死ぬなよ！」と叫びたかった。しかし大きなフロアで周りにも他の患者さんがいるため、それはできず、手をさすってあげることしかできなかった。

明け方まで付き添った。容態が落ち着いた為、控え室で待機するように看護師さんに言われたので、そこで朝を迎えた。

六月二十一日（木）　朝から雨が降っていた。院長先生より病状の説明を受けた。肺炎がひどいとのこと。レントゲン写真を見たら真っ白だった。今週から来週にかけてがヤマになるでしょう、と言われた。家が遠いので控え室をしばらく貸してもらえた。ここで過ごすこととなった。朝からの雨が夜になっても降り止まない。俺もなかなか眠れなかった。外の雨のように、俺も相当泣いた。そして、何度も自分を責めた。親父との過去の色々な思い出が頭の中に浮かんだ。不安な夜だった。そして一晩中泣いた。そして、その日から控え室での生活が始まった。いつどうなってもおかしくない状態だったので使用させてもらった。時折、親父の様子を見に行ったり、検査があった時は先生の説明を聞きに行ったりしていた。六月二十二日（金）の説明ではあと三～四日だろう、と言われた。俺も正直言って覚悟を決めた。

六月二十五日（月）検査の説明を受けた。白血球が四万代になっていて悪くなっているらしい。腎機能も五百くらいで、これ以上、下がったら本当に危ない、と言うことだ。

六月二十七日（水）前日くらいから、少し口もとを動かしたりする動作が見受けられた。白血球も三万くらいまで減った。少しだが状態は良くなってきた。親父もがんばってくれている、と感じた。

六月二十九日（金）白血球が二万代まで減っていた。二万代でも大変な数値だが、一時期の四万代に比べるとかなりよくなってきた。その後も良くなったり悪くなったりという状態だったが、落ち着いてはきていた。

親父は、日に日によくはなってきていた。ただ、肺に水がたまっているのが気にはなっていた。

七月一〇日（火）検査結果がだいぶんよかったので、気管切開手術が行われた。出血も少なくて、無事に終わったので一安心した。

八月七日（火）遺漏の手術が行われた。これで口元が本当にすっきりした。

一応、気管切開、遺漏、と治療的には落ち着いた。一時はどうなることかと心配したが、病状は取り合えず安定した。まだまだ油断は禁物だが…。そこで今後のことで、ソーシャルワーカーのSさんという人から話があった。そもそもH病院は救急病院の為、長く入院することはできないらしい。結論から言うと転院しなければいけない、ということだ。人工呼吸器を装着しているということで、なかなか転院先が見つからなかったが、Sさんが探してくれて、私の家の近くのN病院という所を紹介してもらった。不安なこともあったが、N病院の看護師長さんやソーシャルワーカーさんとの面談で、感じのよさそうな人だったので安心した。

九月五日（水）N病院への転院の日がやってきた。朝から雨がひどかった。民間の救急車でN病院に向かった。三階の病室でナースステーションからも近いし安心した。担当医が褥瘡《じょくそう》の専門の先生だったのですぐ治療してもらった。ずっと腰と足にできていたので、親父も辛かったのだろう。だいぶん削ってもらったので、親父もおだやかな表情になっていた。看護師さんたちも、みんな感じのいい人たちばかりで、てきぱきとしていたので安心した。

病院は自宅から車でだいたい三十分ちょっとくらいのところなので、週に二日の会社が休みの日と、木曜日に仕事が終わってからは親父に面会に行った。今までずっと親子の時間が取れなかったが、やっととれたような気がした。会話ができればいいのだけれど、贅沢は言わないでおこうと思った。話しかけると、時折、表情で感情を表現してくれることがあったり、口を動かして何か言おうとしているのがわかった。きっと俺の言うことがわかってくれていると思ったらそれだけで嬉しかった。髭を剃ったりすると、気持ちよさそうにして顔を動かしてくれるし、爪を切ったり耳掃除をすると、俺があまりうまくないのか、時折痛がったりして顔をゆがませたりするのだ。野球が好きで、巨人が嫌いだったので、「昨日は巨人が負けたよ」と言ったら、口を動かして何か言おうとしているのがわかった。

桜の季節になると、満開の桜を携帯で写真に撮って親父に見せて「親父、桜が満開だよ」と言うと、少し微笑むような表情をみせてくれた。そんな親父との時間を大切にしたいと思った。そして、少しでも回復を願う毎日をおくった。

そんな生活が、約六年間続いたのだが、二〇一八年九月二十五日、朝五時半くらいだったろうか、病院から電話があって、親父が危ない状態だということを言われた。あわてて病院に向かった。そして、病室に入った途端に心肺停止した。おそらく俺が来るのを待っていてくれたのだと思った。八十五年の生涯を閉じた。涙は出なかった。この六年間、親父との時間に感謝した。

出会いに感謝

一九六〇年に、この世に生を受けて、色々な出来事が起きました。ずっと松葉杖と補装具と共に生きてきました。言ってみればもう体の一部といっても過言ではないでしょう。幼い頃は母親がいなくて寂しい思いもしました。一時は、そんな自分を捨てた母親を恨んだこともありました。しかし、心の中では、いつか会いたいと願っていました。母と再会した時は本当に嬉しかった。俺を産んでくれて有難いと思いました。そして母を許したいと思いました。

養護学校では色々な障がいをもった仲間と出会い、また、すばらしい先生方とも出会えて本当に良かったです。普通の中学では、いじめも受けましたが自分なりによく耐えてこれたと思います。自分だけの力ではなく、影で支えてくれた人たち、そして親に感謝、祖母に感謝。高校では、いい友人にめぐりあえた事に感謝。就職してからは、障がい者と健常者の差別も経験しましたが、神様が私に与えた試練なのだと思います。これからも色々な人たちと出会い、そして色々な経験をしていくことになると思いますが、何事にも感謝の気持ちを忘れずに、残りの人生を生かされ続ける限り生きて、出来るなら人のため、社会のために自分が出来ることをやって行こうと思う今日この頃であります。

二〇二五年　三月某日　島津　正博

おわりに

私もこれまでずっと障がい者として生活してきまして、学生くらいまでは、一人で外に出るのが怖かったのです。外に出れば人からジロジロと見られたりしました。それが嫌で外には出たくなかったのです。しかし、そういった感情もだんだんと成長するに連れて薄れてきました。むしろ障がい者のことをもっとよく知ってほしい、と思いだしたのであります。昔に比べたら年々障がい者の存在が世の中に浸透していき、偏見の目で見られることもだいぶん少なくなってはきていますが、まだそういった眼差しで見ている人は多いような気がします。

道を歩いていると、よくティッシュとかチラシなどを配っている人などに遭遇します。私の前を歩いている人には差し出すのですが、私が通ったら無視して、私の後ろを歩いている人には、また差し出すのです。別にティッシュとかチラシは要らないのですが、その人たちがどのような気持ちで私に差し出さなかったのかが知りたいのであります。例えば、「この人は、松葉杖をついているから渡しても大変だろうから渡さない」のか、あるいは極端に言えば「障がい者だから渡したくない」と差別的な見方をしているのか、また他の理由があるのかが知りたいのです。スーパーや飲食店、コンビニなどに入っても、「いらっしゃいませ」も言わない店員が時折見受けられることがあります。そういった人たちも障がい者に対して偏見の眼差しで見ているのだろうと感じることが、しばしばあります。

二〇一六年、神奈川県相模原市緑区で発生した大量殺人事件、相模原障害者施設《さがみはらしょうがいしゃしせつ》殺傷事件《さっしょうじけん》をみてショックを受けました。犯人は、「障害者は社会のお荷物だ」「障害者なんていなくなってしまえ」という考えのもとでこういった犯行に及んだのです。私はこの事件をみて、今でもこのような考えをしている人がいるのだということに驚いたのであります。この事件の後、私は外に出るのがしばらくは怖かったし、出ても人の動きをものすごく警戒していました。今でも少しはそういった感情はあります。そういった感情がなくなる社会、障がい者は弱い立場ということを払拭できる社会、偏見がなくなる社会、そして障がい者が安全に暮らせる社会ができることを願ってやみません。

最後になりましたが、本書を手にしていただき、また、多少なりとも目を通していただき、誠に有難うございました。

幼き頃から、現在までのことをただ単に書いたに過ぎませんが、少しは皆様に思いが届きましたでしょうか。健常者との触れ合いの中で一番大事なことは、自分が卑屈にならないことだと感じました。健常者のなかに飛び込んで、最初は自分自身何らかの引け目を感じていましたが、徐々に慣れてきて、自分は健常者と同じなんだと思う一方で、やはり自分はみんなと違う障がい者なんだと思い引け目を感じているところもあります。今後どこまで自分自身が卑屈にならないようになれるかわかりませんが、そういう思いに少しずつでも近づけるようになれたらと思っています。

皆様の心にどれだけのことがお伝えできたかわかりませんが、少しでも心に残ってくれたのなら、幸いに思います。

追記

この本の制作にあたり、色々な方々に力添えをいただいたことに、感謝いたします。この場を借りてお礼申し上げます。

ありがとうございました。

感謝

島津正博

島津正博（しまづ・まさひろ）

1960年（昭和35年）福岡県大牟田市生まれ。生後7ヵ月目にポリオ（急性灰白髄炎・小児麻痺）に感染。両足に力が全くなくなり、幼少時から両長下肢装具と両松葉杖を使用。5歳の時両親が離婚。その後は父方で生活、祖母が母親代わりとなる。小学校までは、福岡市近郊の養護学校に通う為に寄宿舎に入る。中学からは地元の大牟田の普通の中学校、高校へ通い、その後は北九州の職業訓練校を経て、福岡市の会社に就職。10回の転職をする。
祖母の死をきっかけに「メンタルケアスペシャリスト」の資格を取得。ボランティア活動などを行う。2012年（平成24年）父が脳梗塞と認知症の発症に伴い、介護と看護の生活を行う。2024年10月に会社を退職。現在は妻と一緒に家事をしながら、趣味のギターで弾き語り、DVD鑑賞などをして過ごしている。

障《しょう》がい者《しゃ》の中《なか》の自分《じぶん》　健常者《けんじょうしゃ》の中《なか》の自分《じぶん》
～ポリオと共《とも》に歩《あゆ》んだ人生《じんせい》～

令和7年5月1日第1刷発行

著　　者　島津正博
発 行 者　田村志朗
企画制作　㈱梓書院
〒812-0044 福岡市博多区千代3-2-1
tel 092-643-7075　fax 092-643-7095

印刷・製本／石川特殊特急製本株式会社

　ISBN 978-4-87035-831-7